KB272246

60대 자영업자 박사장의

수필과 시

부동산 실전서 저자의 두 번째 이야기

수필과 시

박승찬 지음

좋은땅

차례

깜부

어릴 적 동네 골목에서 새끼손가락 걸며 "우리는 깜부다!"라고 외치던 때가 있었습니다. 요즘 사람들은 세련되게 '깐부'라고 부릅니다만, 제 입에는 여전히 '깜부'라는 투박한 발음이 더 달게 붙습니다. 내 것 네 것 없이 구슬이며 딱지를 다 내어 주어도 아깝지 않던 그 친구. 허물없는 사이이자, 언제든 기댈 수 있는 든든한 내 편을 우리는 그렇게 불렀습니다.

첫 번째 책에서 '30채 아파트'라는 숫자로 세상을 향한 도전기를 들려드렸다면, 이번 두 번째 책은 제 인생의 가장 오래된 '깜부'들을 소개하려 합니다. 바로 제가 틈틈이 적어 내려간 산문과 생활 시입니다. 가게 문을 열고 닫으며 느낀 소소한 기쁨, 60대 자영업자로 살며 마주한 고단함, 그리고 그 안에서 발견한 반짝이는 순간들을 기록했습니다. 이 글들은 때론 위로가 되고, 때론 친구가 되어 제 곁을 지켜 준 진짜 깜부들입니다.

이 책을 읽는 당신에게도 제 글들이 정겨운 깜부가 되기를 바랍니다. 거창한 문학은 아니지만, 동네 박사장이 건네는 따뜻한 국밥 한 그릇처럼 편안하게 읽어 주시면 좋겠습니다.

깜부

내 친구 영종이는 나랑,
구슬치기 깜부다
그런데 오늘은 기준이랑 다시 깜부란다
나는 그 기준이랑 깜부가 아니다
영종이가 참 밉다
그래서 나는 수길이와 깜부를 걸었다
그런데 영종이가 나랑 깜부 푼단다
집에 가서 형한테 이른다
내일은 누구랑 새로 깜부를 걸까?
지금, 형은 히늘에서 그랬던 시절을 기억할까?
그 시절 참 맵게도 그립다
그냥 눈물이 난다

손주가 태어났다: 생명의 대물림

작은아들네에 아기가 태어났습니다. 결혼하고 5년 만에 찾아온 귀한 아들입니다. 작은아들은 세상을 다 얻은 사람처럼 기뻐 어쩔 줄을 모릅니다. 그럴 만도 합니다. 5년이라는 긴 기다림 끝에 만난 생명이지 않은가요. 아들과 며느리는 산후조리를 마치자마자 "빨리 와서 아기 보라."며 전화를 걸어 왔습니다. 그 말 한마디에 집안 공기가 단번에 달라졌습니다. 이제 우리 집에도 '아기'라는 존재가 들어온 것입니다.

출산 한 달 전쯤, 작은아들이 들렀을 때의 일이 생각납니다. 부모님 두 분 다 백일해 주사를 꼭 맞으라며 봉투를 내밀었습니다. 그 안엔 십만 원이 들어 있었습니다. '아들이 장가가더니 부모 건강도 챙길 줄 아는구나' 싶어 고맙고 대견했습니다. 그런데 아내가 주사가 무서워 나중에 맞겠다고 하자, 아들은 정색하며 당장 맞아야 한다고 목소리를 높였습니다. 항체가 생기는 시간이 필요하니 미루면 아이에게 병을 옮길 수도 있다는 것이었습니다.

그제야 알았습니다. 아들의 조급함은 부모가 아닌, 곧 태어날 자식을 향한 것이었음을요. 부모가 먼저이고 그다음이 아이였던 우리 세대와, 아이를 중심에 두는 요즘 세대의 간극이 선명하게 느껴져 마음 한구석이 쓸쓸하기도 했습니다. 퇴원 날, 가게 일 때문에 나중에 가겠다는 내게 아들은 "지금 가게가 중요해요? 아기 보는 게 더 중요하지 않아요?"라고 서운한 소리를 했습니다.

요즘 세대가 다 그런 건지, 우리 아들이 유난한 것인지 모르겠습니다. 섭섭함이 전혀 없었다면 거짓말일 것입니다. 하지만 그 철없는 말 속에는 아버지를 필요로 하는 아들의 간절함도 섞여 있었으리라 생각합니다. 아무튼, 손주가 태어났습니다. 내 피가 아들에게로, 또 그 아이에게로 흐릅니다. 말로 설명하기 어려운 생명의 이어짐, 그 경이로운 대물림 앞에 서니 마음이 그저 먹먹해집니다.

손주를 기다리는 하루

주사 맞고 돌아오는 길,
괜히 뻐근한 팔을 주무르며 가게로 향한다

아기 얼굴도 보기 전에
할애비 노릇 하느라 몸부터 아플 줄이야,
자꾸만 휴대폰을 들여다보는 일과가 시작되었다
사진이 왔다는 알림, 울음소리가 우렁차다는 소식
세상은 늘 하던 대로 무심하게 돌아가는데,
내 마음만 저만치 앞질러 달려간다
점심 무렵 날아온 아내의 문자 한 통
"얼굴이 아빠를 쏙 닮았대요"
그 문장 하나에 배고픈 줄도 모르고,
점심밥 식는 줄도 모른 채 웃음이 난다
나는 지금 일터에 서 있고
손주는 요람에서 곤히 잠들어 있겠지
같은 하늘 아래 다른 공간에 있어도,
우리는 이미 핏줄이라는 끈으로 단단히 이어져 있다
아직 안아보지도 못한 어린 생명이
내 삶에 이토록 큰 자리를 차지할 줄이야,
사람은 떠나도 혈통은 남고
시간은 흘러도 이야기는 이어진다
손주라는 이름의 봄이 우리 집에 들어왔다
나는 이제 한 세대를 건너
또 다른 희망을 바라보는 자리에 서 있다

우리 가게 식구, 강아지 삼총사

우리 가게에는 한때 강아지 세 마리가 식구로 살았습니다. 쵸코, 복실이, 수로. 혈통도 사연도 성격도 제각각이었지만, 같은 시간과 공간에서 우리를 웃게 하고 울게 했던 녀석들입니다.

까칠함의 결정체, 쵸코

쵸코는 갈색 푸들 숫놈이었습니다. 이름처럼 연한 초콜릿 색 털을 가졌지만 성격은 결코 달콤하지 않았습니다. 솔직히 말하면 조금 '지랄맞기'까지 했습니다. 쵸코와의 인연은 엉뚱한 거래에서 시작되었습니다. 어느 날 중고 돌솥을 사러 온 손님이 알고 보니 푸들 전문 번식업자였고, 나는 그가 고른 돌솥 15개에 현금 5만 원을 더 얹어 생후 한 달 된 쵸코를 데려왔습니다.

이후 쵸코는 우리 가게의 마스코트가 되어 손님들의 사랑을 듬뿍 받으며 나이가 들어갔습니다. 노년기에 당뇨 진단을 받아 아내와 제가 하루 두 번씩 인슐린 주사를 놓아 주며 지극정성으로 돌봤지만, 3년의 투병 끝에 녀석은 하늘 여행을 시작했습니

다. 우리 아들들보다 더 예뻐했던 아가, 쵸코야. 하늘에선 아프
지 않고 행복하니?

충직함의 상징, 복실이

복실이는 진돗개 암놈이었습니다. 족보 있는 집안의 새끼를
분양받아 정성껏 예방접종을 마친 뒤 우리 가게의 늠름한 경비
견으로 키웠습니다. 줄에 묶여 있으면서도 날아가는 새를 낚아
채고, 땅속 두더지나 뱀까지 잡아 전리품처럼 내보이던 복실이
는 진돗개의 본능 그 자체였습니다. 그렇게 11년을 한결같이 곁
을 지키던 녀석도 어느 날 조용히 하늘로 떠났습니다.

살아남은 기적, 수로

수로는 농수로에서 구조한 유기견이었습니다. 음력 설 연휴,
쇠 목줄이 바닥 돌에 걸려 차가운 물속에 갇혀 있던 녀석을 사
다리와 갈고리로 건져 올렸습니다. 오물로 엉망이 된 털을 깎아
주고 따뜻한 밥을 먹이자 녀석은 기적처럼 기운을 차렸습니다.
농수로에서 건졌다고 해서 이름은 '수로'라 지었습니다. 5만 원
을 들여 미용을 시켜 놓으니 신분 상승이라도 한 듯 말끔해졌던
녀석. 수로는 우리 품에서 5년을 더 살다가 무지개다리를 건넜
습니다.

쵸코, 복실이, 수로. 세 마리는 각각 다른 길로 우리에게 왔고 다른 모습으로 떠났습니다. 하지만 남긴 것은 같습니다. 기쁨, 웃음, 책임, 그리고 오래 남는 그리움입니다. 이제는 모두 하늘 여행 중이지만 우리 마음속에서는 여전히 우리 가게 식구로 살고 있습니다.

강아지 세 마리

마당 잘 지키는 복실이
진돗개 암놈
벌써 십 년 변함없이
그 자리 지키네!
가게 잘 보는 쵸코
애프리푸들 숫놈
벌써 십 년 변함없이
지랄맞은 성격 그대로,
그 자리 지키네!
마당 잘 지키는 수로
믹스 애완견 숫놈

유기견 되어 농수로에서
구출된 지 한 달
오만 원짜리 미용하고
신분 상승하여
새 자리 지키네!

엉덩이를 들일 수 없는 이유

　며칠 전부터 털이 새카만 검정고양이 한 마리가 가게에 들락거립니다. 털은 무성하고 몸집은 그리 크지도, 그렇다고 작지도 않은 녀석인데 사람을 전혀 무서워하지 않습니다. 오히려 먼저 다가와 눈을 마주치고 애교를 부리더니, 급기야 다리에 몸을 부비기까지 합니다. 한동안 노숙 생활을 한 '개냥이'가 아닐까 싶어 마음이 쓰이다가도, 행여 하는 마음에 애써 모른 척 고개를 돌립니다. 가게 안까지 따라 들어올 기세지만 나는 끝내 그 선을 허락하지 못합니다.

　그 이유는 작년에 있었던 일 때문입니다. 작년 이맘때쯤 '바둑이'라고 이름 붙인 떠돌이 강아지가 있었습니다. 우리 집 진돗개 '산이'와 친구가 되어 마당 한쪽에서 자고 가곤 하던 녀석이었지요. 아내가 고기며 치킨을 챙겨 주다 보니 경계가 조금 풀렸는데, 어느 날 보니 바둑이 배가 유난히 불러 있었습니다. 정말 임신이었습니다. 그날부터 뱃속 새끼를 생각해 고기국을 끓여 날랐고, 바둑이는 무려 여섯 마리의 새끼를 낳았습니다. 그 순간 기쁨보다 걱정이 앞섰습니다. '낳으려면 딴 데서 낳지, 왜

하필 우리 마당이냐'는 안쓰러운 원망도 스쳤습니다.

졸지에 개 어멈, 개 아범이 된 우리 부부의 일상은 온통 개 중심으로 돌아갔습니다. 외식을 해도 남은 음식은 꼭 포장을 해왔고, 아내는 하루아침에 '개 시어머니'가 되었습니다. 하지만 요즘 세상에 잡종견 새끼를 원하는 사람은 드물었습니다. 가게 앞에 '무료 분양' 현수막을 붙여 봐도 아무도 데려가지 않았습니다. 결국 양촌 조카에게 가게 물품까지 잔뜩 실어 보내며 강아지 여섯 마리를 떠맡기다시피 부탁해 겨우 한 고비를 넘겼습니다.

이런 연유로 요즘 가게를 맴도는 검정고양이가 더 부담스럽습니다. 괜히 정 붙였다가 또 눌러앉을까 봐 먹을 것 하나 주는 것도 선뜻 손이 가지 않습니다. 그런데도 그 녀석은 틈만 나면 나타나 야옹 소리를 내며 다리에 몸을 비빕니다. 마치 기회를 엿보듯, 자리를 잡을 틈을 찾듯 말입니다. 에휴, 이를 어쩌면 좋을까요.

문 앞에서

문 앞에 앉아 들어올 듯, 말 듯

너는 오늘도 선을 밟고 선다
나를 보는 눈이 어쩐지 너무 익숙해서
모른 척하려다 또 한 번 고개를 돌린다
과자 하나 던져 주면 정이 시작될까 봐,
이름 한 번 부르면 식구가 될까 봐,
나는 오늘도 주머니에 깊숙이 손을 넣는다
너는 모를 것이다
떠돌이 한 번 들이기가 이제는 겁부터 난다는 걸
내일도 이 문 앞에 온다면
나는 또 모른 척하며 기다리고 있을 것이다
네가 아니라,
내 마음이 먼저 무너질 순간을
나는 안다

떠난다는 것: 도반과의 이별

　마음을 열 수 있는 벗이자 인생의 도반이 다른 도시로 거처를 옮깁니다. 이번에 아들이 타지의 대학에 입학하게 되자, 홀로 보내기 마음 놓이지 않았던 부모가 함께 이사를 결정한 것입니다.

　그동안 우리는 서로가 살아온 길과 앞으로 걸어가야 할 길에 대해, 바람결에 흩날리듯 긴 이야기를 나누어 왔습니다. 오솔길에 기대어 깊은 숨을 들이마시듯 속 깊은 고민을 털어 내기도 했습니다. 마치 미래의 성채를 쌓듯, 한 장 한 장 벽돌을 올리며 서로를 지탱하던 날들을 이제 뒤로합니다. 우리는 각자의 길 위에서 새로운 인생을 개척하기 위해 잠시 헤어짐을 선택합니다.

　그곳에서는 과거를 붙잡기보다 미래를 번성시키는 든든한 성채를 이루길 바랍니다. 그런 간절한 마음을 담아, 조용히 등을 보이며 떠나는 이를 보내 줍니다.

빈자리의 온도

짐 실은 트럭이 모퉁이를 돌자
마당에는 바람만 남았다
두 켤레 놓이던 슬리퍼가
홀로 해를 쬐는 오후,
찻잔 하나만 꺼내다
그제야 이별을 배운다
사람이 떠난 자리는
소리가 먼저 비고
마음은 나중에야 비워지는 법
각자의 자리에서
남겨진 하루를 조심히 데워 먹으며
별이 뜨는 저녁을 맞이하자
우리의 삶은
아무 일 없다는 듯
다시 그렇게 흐를 테니

김치와 며느리, 그 손통 밑의 훈장

어느 화창한 날, 화물차에 커다란 업소용 냉장고를 싣고 노부부가 사는 시골 마을로 향했습니다. 도착한 곳은 외진 곳에 자리 잡은 소박한 재래식 주택이었습니다. 비록 낡은 집이었지만, 알루미늄 새시를 정성껏 달고 창고를 깔끔하게 손질해 둔 모습에서 두 노인이 서로를 의지하며 오붓하게 가꿔 온 삶의 온기가 느껴졌습니다. 가을걷이를 끝낸 수확물들을 보관하시려 큰맘 먹고 장만하신 육중한 냉장고는 그분들의 넉넉한 인심을 닮아 보였습니다.

설치를 마치고 땀을 식히며 툇마루에 앉았습니다. 할머니께서는 직접 담갔다며 얼음 띄운 시원한 매실차를 한 잔 내어 주셨습니다. 갈증이 씻겨 내려갈 즈음 소소한 대화가 오갔습니다. 할머니는 이제 곧 달랑무김치와 포기김치, 쪽파김치까지 담가 자식들에게 보낼 거라며 은근한 설렘을 내비치셨습니다. 그런데 문득 궁금해져 큰아들네는 왜 빠졌느냐고 물었더니, 돌아오는 대답에 잠시 말문이 막히고 말았습니다.

큰아들이 말하길, 제 아내가 어머니의 김치를 반기지 않는다는 것이었습니다. 베란다 구석에 처박아 두었다가 결국 쓰레기통으로 향하기 일쑤니 이제는 김치를 보내지 말라고 했답니다. 이유는 서글펐습니다. 시어머니 손톱 밑에 낀 흙 때가 불결하고 위생이 염려된다는 것이 며느리의 생각이었습니다. 어머니의 마음은 그런 것이 아니었습니다. 도시에서 팍팍하게 아이 키우며 사느라 고생하는 자식들, 반찬값이라도 아껴 주고 싶은 마음에 직접 농사지은 채소를 다듬고 절이며, 택배 박스가 터질까 노심초사 무거운 박스를 우체국까지 끌고 가셨을 그 뒷모습이 눈에 선해 가슴이 먹먹했습니다.

그 굽은 손마디에 낀 흙은 비위생의 흔적이 아니라, 자식을 먹여 살린 거룩한 훈장 같은 것일 텐데 말입니다. 요즘 젊은 사람들의 철저한 위생 관념을 무조건 나무랄 수는 없겠지요. 시대가 변했고 먹거리에 대한 시각도 달라졌으니까요. 하지만 효율과 위생이라는 냉정한 잣대 아래, 그 속에 담긴 '사랑'이라는 본질마저 버려지고 있는 것은 아닌지 씁쓸한 마음이 가시지 않았습니다.

배달을 마치고 돌아오는 길, 차창 밖으로 보이는 시골 풍경은 여전히 평화롭기만 했습니다. 한가롭고 나른한 햇살이 들판 위에 곱게 내리쬐고 있었지만, 내 마음속에는 할머니가 건네주신 시원한 매실차의 온기와 갈 곳을 잃은 김치 한 포기의 무게가 묵직한 여운으로 남아 있었습니다.

김치와 손톱 밑의 흙

냉장고는 네 칸이나 되는데
김치는 갈 곳을 잃었다
허리 굽혀 캔 무,
손끝에 남은 흙,
그 위에 엉킨 건 소금보다 더 짠 마음
도시의 베란다 구석에서
사랑은 위생이 되고
위생은 거리 두기가 된다
택배 상자 묶으며
혹시 샐까, 혹시 상할까 걱정부터 싸 넣은 사람과
혹시 더러울까, 혹시 탈 날까 걱정부터 여는 사람 사이엔
말보다 긴 침묵이 있다
손톱 밑의 흙은
지워야 할 얼룩이 아니라
자식을 먹여 온 시간의 흔적인데,
그걸 모르는 게 아니라
서로 너무 다른 하루를 살아왔을 뿐
차창 밖 들판은 아무 일 없다는 듯 고요하고

나는 오늘도 배달을 마치며
김치 한 포기의 무게를 가슴에 싣고 돌아온다
언젠가 누군가의 식탁에서
그 맛이 다시 살아나길 바라며

시아버지 머리를 때린 이유

아주 오래전, 지금처럼 편리한 휴대용 가스레인지가 없던 시절의 이야기다.

그 무렵 막 개발되어 나온, 지금 생각하면 꽤나 조잡한 형태의 휴대용 가스레인지가 있었다.

가냘픈 가스 헤드에 좁은 연결관이 달려 있고, 그 끝에 부탄가스를 돌려 끼우는 방식이었다.

지금은 고인이 되신 부친께서, 친구분이 그 물건을 판다는 이야기를 듣고 기꺼이 하나 사 오셨다.

오는 길에 정육점에 들러 돼지고기도 한 근 사 들고 오셨다.

집에 도착하니 새댁이던 아내가 반갑게 맞이하며 식사를 대접하겠다고 상을 차렸다.

부친께서는 마침 사 온 휴대용 가스레인지에 삼겹살을 구워 같이 먹자고 하시며 서툰 손으로 조립을 시작하셨다.

조립이 끝나고 가스 밸브를 여는 순간,

아내가 라이터로 불을 붙였다.

그런데 밸브가 열리자마자 가스가 과하게 분출되며 불길이

순식간에 위로 치솟았고,

그 불은 그대로 부친의 눈썹과 머리로 번져 머리카락 전체를 타고 올랐다.

순간, 아내는 눈앞이 하얘졌다고 한다.

불이 번질까 봐, 생각할 겨를도 없이 시아버지의 머리통을 손바닥으로 사정없이 내리치기 시작했다.

이쪽, 저쪽, 불길을 끄겠다고 정신없이 마구 때렸다.

그러다 문득 정신이 들었다.

'내가 지금… 시아버지 머리를 때리고 있잖아…'

그제야 멈추고 얼굴을 올려다보니,

눈썹은 전부 타 없어지고 머리카락은 반도 남지 않은 모습으로,

시아버지는 그 상황에서도 웃음을 참고 계셨다.

아내는 웃음이 디질 것 같아 얼른 "젖은 수건 가저올게요!" 하고 부엌으로 뛰어나왔다.

그러면서 머릿속에는 온갖 생각이 스쳐 갔다.

머리카락…

시아버지 구타…

가스레인지…

돼지고기…

수건을 들고 방으로 다시 들어가며 아내가 큰 소리로 말했다.

“아버님, 제가 아버님 머리 때린 거… 고의 아닌 거 아시죠?”

그러자 부친께서 이렇게 말씀하셨다.

“아가, 네가 많이 놀랐지?”

그 한마디에 아내는 눈물이 핑 돌았다고 한다.

그 순간, 아내는 깨달았다고 했다.

그게 바로 시아버지의 사랑이었다고.

아버님,

하늘에서는 편안히 잘 지내고 계시지요.

생활 시

불을 끄던 손

불이 먼저 번졌고
손이 먼저 움직였다
생각은 늦게 도착했고
사과는 더 늦게 도착했다
시아버지 머리 위로
불길이 올라타던 그 순간
나는 예의도 체면도 잊고
머리에 불부터 때렸다

이쪽도 치고
저쪽도 치고
불보다 더 급한 손바닥
그제야 멈춰 보니
눈썹은 사라지고
웃음만 남아 계신 얼굴
"많이 놀랐지?"
그 한마디가
불보다 먼저
내 마음을 꺼 주었다
때린 손보다
먼저 안아 준 말
그게 어른의 사랑이었고
시아버지의 품이었다
세월이 지나도
그날의 불길보다
더 오래 타는 것은
그 따뜻한 한마디다

어느 날, 그림이 나를 불렀다

　어느 날, 작고 아담한 언덕 위 카페를 찾았다. 주택가 골목길을 한참 올라야 닿는 곳, 작은 마을을 굽어보듯 내려다보는 자리에 아늑하고 편안하게 자리 잡은 카페였다. 잔잔하게 흐르는 남미 음악 특유의 리듬이 공간에 신비로움과 이국적인 감성을 더했다. 조용히 앉아 음악의 선율과 아메리카노 향에 젖어 창밖 풍경을 바라보고 있으니 평온과 여유가 자연스레 마음에 내려앉았다.

　실내 장식도 이국적이었고 소품 하나하나에서 주인의 안목과 감각이 느껴졌다. 그중에서도 유독 벽에 걸린 그림 한 점이 자꾸만 내 시선을 붙잡았다. 보고 나서도 쉽게 눈길을 거둘 수가 없었다. 가냘픈 흑인 여성의 뒷모습. 아름다움 속에 어딘지 모를 아련한 슬픔이 묻어 있었다. 짧은 머리는 뒤로 가지런히 모아 묶은 듯했고, 검고 윤기 나는 피부 위로 황금빛 무늬가 치마 하단에 무게를 더한 원피스가 묘한 대비를 이루며 우아한 자태를 만들고 있었다. 그 그림이 너무 마음에 들어 카페 여사장님께 사진 한 장 찍어도 되겠느냐고 양해를 구했다.

그날 찍은 그 한 장의 사진이 나를 유화의 세계로 이끌 줄은, 그땐 몰랐다. 내 첫 작품은 그 흑인 여인의 뒷모습을 나의 아내로 바꾸어 다시 태어나게 한 그림이었다. 그때부터 본격적으로 재미가 붙어 틈나는 대로 한 점씩 그려 나갔다. 어느새 세월이 흘러 지금까지 그린 작품이 100여 점쯤 되는 듯하다. 처음 붓을 잡은 건 오십 대 중반 무렵이었다.

벌써 붓을 든 지도 15년. 세월이 흐르며 나이가 들어가는 대신, 노후에 즐길 좋은 취미 하나가 늘어 오히려 마음은 더 풍성해졌다. 다양한 취미가 주는 만족과 기대는 내 인생을 향기롭게 만드는 보약 같은 존재가 되었다. 인생 2막을 만들어 가는 데 나이는 결코 걸림돌이 될 수 없다는 것을 나는 이제야 제대로 실감한다. 내일은 또 다른 일을 해 볼 생각이다. 동판을 두드려 방패연 작품을 마무리해야겠다. 아직도, 내일이 기다려지는 나날이다.

붓을 드는 이유

언덕 위 카페
벽에 걸린 한 장의 그림이

내 손에 붓을 쥐여 주었다
누군가의 뒷모습에서
아내의 등을 빌견하고
그날부터
나는 색을 배우기 시작했다
오십의 손끝에서
늦게 피어난 취미는
천천히
내 노후를 물들였다
가끔씩
무언가를 만들 수 있다는 것
그것만으로도
내일이 생긴다
오늘은 그림
내일은 동판
모레는 또 다른 무엇
나는 아직
끝나지 않은 캔버스 위에
인생을 그리고 있다

용접에 눈뜨다

내가 처음 용접을 시작하게 된 것은, 전적으로 가게 일 때문이었다. 우리 가게에는 식당용 집기와 가정용 가전제품이 함께 있고, 중고 제품도 일부 취급하고 있다. 중고 제품을 손볼 일이 생기면 수리기사가 와서 작업을 했고, 나는 그 옆에서 자연스럽게 지켜보곤 했다. 보고 있으면 재미도 있었고, 무엇보다 신기했다. 특히 동배관을 용접하는 순간은 묘하게 매혹적이기까지 했다.

냉장고 뒤쪽에는 바가지 만 한 검은색 압축기, 그러니까 컴프레서기 달려 있다. 그곳에서 냉매가 나가는 관과 다시 돌아오는 관이 연결되어 있는데, 가스를 주입하려면 '리플'이라는 주입구를 새로 만들어야 한다. 출고 당시에는 관이 완전히 밀봉돼 있어 그대로는 가스 충전이 되지 않기 때문이다. 그래서 수리할 때마다, 새로 주입구를 용접하는 과정을 보게 된다. 문제는, 수리기사를 부르면 늘 바로 와주지는 못한다는 것이었다. 그 불편함이 쌓이다 보니, 결국 결단을 내렸다.

장비 일체를 직접 주문해 버린 것이다. 동용접봉, 용접 토치,

가스 게이지, 냉매 가스, 동파이프 절단기까지 필요한 것은 전부 챙겼다. 그리고 바로 연습에 들어갔다. 남은 동파이프를 맞대어 용접해 보고, 덧대어 붙여 보고, 끊임없이 이어 붙이는 작업을 반복했다. 하다 보니, 조금씩 손에 감이 오기 시작했다. 어느 순간, 원 모양의 동파이프가 완성되었고 왠지 버리기 아까운 마음이 들었다. '작품 하나 만들어 볼까?' 하는 생각이 스쳤다.

고민 끝에, 원형 안에 솟대처럼 기러기 세 마리가 올라간 형상으로 정했다. 가는 동파이프 두 줄을 약간 구불구불한 상태로 원 하단에 가로로 용접해 바닥 이미지를 만들고, 그 위에 수직으로 가운데와 양쪽에 기둥을 세웠다. 끝부분은 기러기 머리처럼 다듬어 붙였다. 투박하지만, 나름 운치 있는 기러기 솟대가 완성되었다. 그 작품을 시작으로, 동파이프 공예는 점점 늘어났다. 다음에는 마음먹고 에펠탑을 그대로 본떠 만들었다. 설계부터 조립까지 며칠이 걸렸지만, 완성된 모습을 보니 제법 그럴듯했다.

재료는 늘 충분했다. 철거 작업이나 중고 에어컨을 매입할 때 따라오는 동파이프들이 자연스럽게 작품 재료가 되어 주었다. 쌓아 두었던 파이프들이, 어느새 창작의 기반이 된 셈이다. 그렇게 실력도 늘고, 작품 수도 늘었다. 몇 해에 걸쳐 만든 작품이 어느덧 60여 점에 이르렀다. 우연한 시작이었지만, 용접의 불꽃은 묘하게 사람을 끌어당기는 힘이 있다. 작업에 몰두하고 있으면, 나는 늘 무아지경에 빠진 듯한 기분이 된다. 장사하는 사람의 일상 속에서도 이렇게 또 다른 세계가 열릴 수 있다는 것, 그 사실이 나에게는 큰 기쁨이 되었다.

생활 시

용접에 눈뜨다

가게 한켠
고장 난 냉장고 뒤에서
작은 불꽃 하나가 튄다
손에 쥔 건 토치 하나
마음이 내킨 건
괜히 해 보고 싶은 욕심
남은 동파이프를 맞대고
또 맞대며
하루가 저문다
불꽃이 스치면
금속도
조금씩 마음을 연다

버려질 관으로
기러기 세 마리 세우고
에펠탑 하나 올려 세우며
나는 오늘도
장사 끝난 밤에
다른 일을 배운다
돈이 되진 않아도
손끝이 남는 일
그게 나를 다시 살린다
불꽃은 잠깐
기쁨은 오래
내 삶 한편에서
조용히 타오른다

나의 새벽 운동:
나이를 잊게 하는 아침의 의식

나는 매일 새벽 5시 20분에 기상합니다. 눈을 뜨자마자 가장 먼저 하는 일은 침대 이불을 정성껏 정리하는 것입니다. 하룻밤 동안 몸과 마음을 편안히 누이게 해 준 잠자리에 고마운 마음을 전하며, 다시 누울 자리를 가지런히 만들어 둡니다. 이는 하루의 첫 시작을 '감사'로 여는 나만의 작은 의식입니다.

이어서 안마의자에 몸을 잠시 풀고, 사이클 머신에 앉아 45분간 페달을 밟습니다. 단순히 몸만 움직이면 지루할 수 있기에 스마트폰으로 역사나 고전, 명저를 해설해 주는 동영상을 시청합니다. 평소 쉽게 접하지 못했던 지식이 자연스럽게 머릿속으로 흘러 들어옵니다. 운동하는 45분이 지식을 채우는 지혜의 시간이 되는 셈입니다.

사이클을 마친 뒤에는 베란다로 자리를 옮겨 본격적인 근력 운동을 시작합니다. 허리 스트레칭으로 몸을 유연하게 만든 뒤, 물구나무 형태의 푸시업을 이어 갑니다. 첫 세트 120개, 두 번째 세트 80개, 마지막 세트 60개까지 총 260개를 마치고 나면 약 20분이 소요됩니다. 가쁜 숨 몰아쉬며 베란다의 찬바람 속에 깊은 심호흡을 내뱉는 순간, 오늘도 해낼 수 있다는 자신감이 온몸으로 차오릅니다.

어느덧 아침 해가 떠올라 세상을 환하게 비춥니다. 현재 시각 오전 7시. 내 나이 예순아홉이지만, 이 새벽의 루틴은 나이를 잊게 만듭니다. 이 정갈한 습관이 나를 지탱한다면 앞으로 20년은 거뜬히 지금의 상태를 유지할 수 있으리라 믿습니다. 우리 모두가 건강하고 활기찬 삶을 살아가기를 바라는 마음으로, 나는 오늘도 찬란하게 떠오르는 아침 풍경을 맞이합니다.

새벽의 힘

아직
세상이 깨어나기 전
나는 나를 깨운다
숨이 차오를수록
하루는 가벼워지고,
땀 한 방울에
걱정 하나가 내려간다
나이는 숫자,

의지는 습관
오늘도
내 몸에게 다정히 말한다
"잘 버텨 줘서 고맙다"

나의 버킷리스트: 꿈을 적어 두는 사람

　나의 버킷리스트는 현재 진행형입니다. 문득 생각이 떠오를 때마다 한 가지씩 추가되곤 하여, 지금까지 적어 둔 목록이 스무 가지 남짓 됩니다. 하나를 이루면 또 다른 하나가 그 자리를 채웁니다. 그중에서도 늘 맨 윗자리를 차지하는 두 가지가 있습니다. 첫째는 좋은 전축을 들여 다양한 음악을 마음껏 듣는 것이고, 둘째는 마당 한편에 과실수를 심어 계절마다 열매를 따 먹는 소박한 기쁨을 누리는 일입니다.

　목록을 적어 둔 지도 꽤 여러 해가 지났습니다. 환경이 바뀌고 마음이 자랐음에도 여전히 1번과 2번이 그대로인 것은, 어쩌면 그 꿈들이 경제적 여유와 마음의 한가로움이 동시에 허락되어야만 가능한 '진짜 소망'이기 때문일지도 모르겠습니다. 하지만 요즘 가장 묵직하게 다가오는 항목은 단연 '크루즈 여행'입니다. 기간도 길고 비용도 만만치 않은 여행이지만, 예전에 읽었던 한 교수님의 이야기가 떠올라 자꾸만 마음이 기웁니다.

　그 교수님은 아내에게 줄 특별한 선물을 고민하다 유럽 크루즈 여행을 결심했는데, 문제는 비용이었습니다. 결국 교수님은 아내 몰래 살고 있던 아파트를 팔아 여행 자금을 마련했습니다. 3주간의 화려한 여행이 끝나고 돌아온 뒤, 부부는 같은 단지의 전셋집으로 옮겨야 했지만 그들의 마음속에는 평생 꺼내 쓸 수 있는 '추억'이라는 거대한 자산이 남았습니다. 세월이 흐른 뒤 교수님은 고백했습니다. 노후에 지켜야 할 것은 통장 속 숫자만이 아니라, 부부가 공유하는 단 하나의 기억일 수도 있다는 것을요.

나의 버킷리스트를 돌아봅니다. 이미 이룬 것도 있고 여전히 기다리는 것도 있습니다. 성취의 기쁨도 크지만, 사실 진짜 값진 순간은 이루기 전의 설레는 시간인지도 모릅니다. 소풍 전날 밤, 혹시 비가 오지는 않을까 걱정하면서도 설렘에 잠 못 이루던 그 밤처럼, 기다림과 기대가 주는 떨림 속에 우리는 이미 행복을 살고 있는 것이 아닐까요.

그래서 나는 이렇게 말하고 싶습니다. 꿈을 이루는 사람도 행복하지만, 꿈을 꾸는 사람은 이미 행복하다고. 꿈꾸는 자는 오늘도 그 기다림만으로 충분히 풍요롭다고 말입니다.

버킷리스트의 밤

아직 가지 않은 길을
나는 밤마다 펼쳐본다
가지 않은 여행,
심지 않은 나무,
아직 틀지 않은 음악
그러나 이상하게도
그 모든 것이
이미 내 안에서 자라고 있다
내일을 기다리며
잠 못 드는 이 밤이
어쩌면 여행의 첫날이고,
꿈을 적어 내려가는 이 시간이
이미 도착의 순간일지도 모른다
그래서 나는 오늘도
아직 오지 않은 날들을
조용히 사랑한다

다시 잎을 틔우는 시간, 녹보수 화분

　반짝이는 이파리를 가진 나무 한 그루가 하얀 화분에 담긴 채, 조금은 부실한 모습으로 우리 집에 왔습니다. 아들네 분식점이 문을 열 때 지인에게 선물 받은, 흔히 '돈나무'라 불리는 녹보수였습니다. 가게 환경에 적응하기 힘들었는지, 아니면 주인의 손길이 부족했는지 나무는 점점 힘을 잃어 갔습니다. 잎은 자꾸만 떨어졌고 앙상한 가지 몇 장만이 겨우 버티고 있었습니다. 결국 며느리는 이 나무를 우리에게 맡기며 집에서 키워달라고 부탁했습니다.

　우리 집에 와서도 한동안은 별다른 기미가 없었습니다. 나는 나무를 매장으로 옮겨 내가 관리하기 좋은 자리에 두었습니다. 3~4일에 한 번씩 목을 축여 주고, 마른 잎은 가위로 세심하게 잘라 냈습니다. 제멋대로 기울어진 가지는 끈으로 기둥에 묶어 수직으로 곧게 세워 주었습니다. 그렇게 몇 주가 지나자 기적 같은 변화가 시작되었습니다. 연약한 새잎이 돋아나더니 어느새 잎이 무성해진 것입니다. 이제는 잎마다 기름을 바른 듯 반짝이며 제법 품위 있는 자태를 뽐내고 있습니다.

녹보수는 '대박'과 '행운'의 의미를 지닌 나무라고 합니다. '녹색의 보석'이라는 이름처럼 공기 정화 능력도 탁월한 식물이지요. 실내 온도 15~20도, 반 음지와 반 양지 사이의 적절한 환경만 갖춰지면 스스로 번성하며 기품을 드러냅니다. 비록 말은 못하는 식물이지만, 자신이 처한 조건이 맞으면 이토록 우아하게 제 빛을 발하는 모습이 참으로 대견합니다.

화분에 심긴 작은 나무 한 그루일 뿐이지만, 그 안에서 얻는 삶의 진리는 결코 가볍지 않습니다. 사람 또한 저마다 다른 고단한 환경 속에서 살아가지만, 누군가의 따뜻한 관심과 손길, 그리고 기다려 주는 시간이 허락된다면 언제든 다시 잎을 틔울 수 있습니다. 제 빛을 되찾는 일에는 늦은 때란 없다는 것을, 이 작은 나무는 온몸으로 가르쳐 주고 있었습니다.

다시 잎을 틔우는 시간

처음 왔을 땐
잎 몇 장 매달린 채 숨만 붙어 있던 나무
빛도 물도 조심스레 건네며

나는 기다리는 법을 배웠다
말 한마디 없는 너는
그저 제때를 견디다 어느 날 잎을 내밀었고,
나는 그 잎을 보며
사람도 결국 환경이 아니라
손길로 사는 존재임을 알았다
화분 하나가 말해 준다
다시 살아가는 일에는
언제나 시간과 믿음이 필요하다고

도서관에서 찾은 인생 선물

　내가 거주하는 논산은 비록 작은 도시지만, 책을 사랑하는 이들에게는 더할 나위 없는 천국입니다. 부창도서관을 필두로 현대적인 시설의 열린도서관, 오랜 역사를 품은 강경도서관과 연무도서관까지. 마음만 먹으면 어디서든 책의 향기를 맡을 수 있는 네 곳의 도서관이 운영되고 있습니다. 최신식 IT 기기 대여부터 다채로운 인문학 프로그램까지 제공하는 이 시스템은 가히 세계 최고 수준의 복지라 자부하고 싶습니다. 무더운 여름에는 시원한 안식처가 되고, 겨울에는 온기 가득한 사랑방이 되어주는 도서관에서 시민들은 무한한 혜택을 누리며 미래를 꿈꿉니다.

　가끔 대전의 대형 서점을 방문할 때면 현관 위에 걸린 문구를 유심히 바라보곤 합니다. "사람은 책을 만들고, 책은 사람을 만든다." 평범한 글귀 같지만, 곱씹을수록 울림이 깊습니다. 도서관에서 책을 고르는 어린 학생들과 진지하게 독서에 몰입한 청소년들의 뒷모습을 볼 때면 가슴 한구석이 든든해집니다. 도서관 특유의 안정감 있는 공기와 적막 속의 활기, 그리고 책을 고

르는 사람들의 진중한 표정 속에 내가 녹아드는 시간은 참으로
즐겁습니다.

도서관에 들어서면 가장 먼저 신간 코너를 훑고 사회과학, 철
학, 인문학, 역사 서가를 차례로 탐색합니다. 서가 사이를 누비
다 다리가 아파지면 비치된 낮은 발판에 슬쩍 걸터앉아 하단부
책장을 공략합니다. 그렇게 나만의 보물을 찾는 '책 서핑'의 시
간은 그 무엇과도 바꿀 수 없는 유희입니다. 정년퇴직 후 새로
운 지식을 탐구하는 어르신부터 노트북을 챙겨와 자리를 지키
는 애독가들까지, 저마다의 사연을 품고 책 속에 몰입한 이들의
모습은 존재 자체로 지적이고 아름답습니다.

나에게 독서는 단순한 취미가 아니라 나를 완성해 가는 과정
이었습니다. 연간 독서량을 기록해 왔는데, 한창 몰입했을 때는
무려 253권을 읽기도 했습니다. 중요한 것은 숫자가 아니라 그
독서가 내 삶을 어떻게 바꾸었느냐 하는 점입니다. 지난 9년 동
안 경제, 자기계발, 부동산 서적 등을 탐독한 결과, 현재 소형 아
파트 다수를 보유하며 경제적 자유를 얻었습니다. 또한 쌓은 지
식을 토대로 책을 출간하여 저작권 수입까지 얻게 되었으니, 이
는 내가 책을 사랑한 대가로 인생이 내게 준 선물입니다.

나의 독서 습관은 초등학교 3학년 시절 헌책방에서 시작되었
습니다. 돈을 크게 들이지 않고도 인생을 풍요롭게 가꿀 수 있

는 가장 확실한 방법은 바로 독서입니다. 토요일 오후, 잠시 틈을 내어 가까운 도서관으로 향해 보길 권합니다. 책장을 넘기는 소리만큼 우아한 선율은 없습니다. 독서를 통해 나를 변화시키고 경제적, 정신적 풍요를 얻는 기쁨. 이 이롭고도 고상한 취미를 더 많은 이들과 나누고 싶습니다.

생활 시

도서관에서 찾은 인생 선물

문을 밀고 들어가면
세상은 갑자기 조용해진다
그 고요 속에서
나는 가장 많은 이야기를 만난다
손에 쥔 것은 종이 몇 장이지만
그 안에는 타인의 실패와 용기,
그리고 내일의 설계도가 접혀 있다
서가 사이를 걷다
의자에 잠시 앉아 쉬는 동안,
내 인생도 조금씩 방향을 고쳐 않는다
누구도 큰소리 내지 않지만

이곳에서는 매일
사람의 운명이 조용히 바뀐다
한 권, 또 한 권,
그렇게 모인 시간들이
결국 오늘의 나를 데려왔다
그래서 나는 안다
도서관은 책을 빌려주는 곳이 아니라
사람의 미래를 빌려주는 곳이라는 것을
오늘도 문은 열려 있고,
누군가는 아직 모르는
자기 인생의 첫 장을
지금, 펼치고 있을 것이다

50년 직업

참 긴 세월이다. 하지만 어느샌가 돌아보니, 그렇게도 긴 세월이 되어 있었다. 사회에 첫발을 디딜 무렵 '현장체험'이라는 이름으로 취업 전선에 뛰어든 것이 시작이었다. 뭐든 배우고 경험으로 버텨야 했던 시절, 일자리는 늘 부족했고 수입은 늘 궁핍하던 때였다.

처음 취직한 곳은 작은 인쇄공장이었다. 견습생으로 들어가 그라비아 인쇄 과정을 석 달 동안 보고, 배우며, 일했다. 아침 8시 출근하여 저녁 8시 퇴근. 일거리가 많으면 짜장면이나 우동 한 그릇에 십 분 남짓한 식사 시간을 보내고 다시 밤 11시까지 야간 근무를 했다.

지금 생각하면 말도 안 되는 구조지만, 그때는 노동법이 제대로 자리 잡기 전이었고 일자리보다 사람이 더 많던 시대였다. 아이러니하게도 그 힘들고 지루한 야근이 마냥 싫지만은 않았다. 중국집 배달 음식과 몇백 원 얹혀 나오는 야근 수당 때문이었을 것이다. 그 기형적인 풍경이 당연한 듯 이어지던 시절이었다.

의무 3개월이 끝나고 본격적인 취직을 생각하던 중, 청계천

헌책방 근처에서 막 개장한 동대문종합시장을 보게 되었다. '동양 최대의 쇼핑몰'이라는 광고를 내건 웅장한 건물. 층마다 걸린 화려한 그림들을 올려다보며 나는 문득 생각했다.

'나도 저런 곳에서 장사할 수 있다면 얼마나 좋을까.'

그 생각은 쉽게 사라지지 않았다. 마침 친척을 통해 가게를 하는 분을 소개받았고, 면접을 본 뒤 출근하게 되었다. 하지만 장사라는 게 뭔지도 모르고 서툴게 적응해 가던 시절, 가게 한쪽에 앉아 묵묵히 시간을 보내는 일은 내 성격과 잘 맞지 않았다. 마치 새로 시집온 새댁처럼 말이다.

나중에 알게 된 사실이지만 가게 주인은 나를 소개해 준 분에게 진 빚이 있어 마지못해 나를 받아 준 것이었다. 한 달쯤 지나 내보내기 미안해하던 주인은 두 달째에 이제 그만 나오라고 했다. 하지만 그곳에서 닿은 인연이 다른 가게를 소개해 주었다. '대광상사'라는 점포였다. 군대를 다녀온 뒤에도 나는 결국 다시 장사의 길로 돌아왔다. 그렇게 굳어진 길이 내 천직이었고, 내 장사 인생 50년의 시작이었다.

처음 처가에 인사드리러 갔을 때 나는 자신 있게 말했다. 장사를 해서 노후에는 월급쟁이 사위보다 훨씬 넉넉하게 살아갈 수 있다고. 이제는 그 약속을 지키고도 남았다.

장인어른, 장모님. 걱정 마세요. 지금 두 분의 막내딸과 막내

사위는 알콩달콩, 45년 된 신혼부부처럼 돈 걱정 없이 잘 살고 있습니다. 하늘에서 두 분, 부디 행복하십시오.

가게 앞에서

매장 문을 열고
매장 문을 닫고
계절이 몇 번을 바뀌었는지
손님 얼굴은 바뀌어도
책상과 계산기는
여전히 같은 자리에 있고
나이는 더 들었지만
약속만큼은
처음 장사하던 날 그대로다
돈을 번 세월이 아니라
문을 연 세월로
내 인생을 셈해 보니
오십 년
나는 오늘도
가게를 연다

인터뷰를 했다

    나의 출판 책,『60대 자영업자 박사장은 어떻게 9년 만에 소형 아파트 30채를 모았을까?』이 책을 보고 유튜브 채널 쩐문가에서 출연 제의가 왔다. 출판사를 통해 출연 여부를 타진해 왔고, 나는 별다른 고민 없이 승낙했다. 그렇게 빠른 일정으로 인터뷰가 잡혔고, 어제, 지정된 날짜에 맞춰 서울 송파구 목적지로 향했다.

    이른 아침 고속버스를 타고 출발해 두 시간 만에 강남고속터미널에 도착했다. 약속 시간까지 한 시간 반 이상 남아 터미널과 연결된 신○○백화점 타운을 한 바퀴 돌고 휴게 대기실에 앉아 신문을 펼쳤다. 맞은편에 파○○○○가 보여 커피 한 잔 마실 생각으로 들어갔다. 메뉴판을 보니 익숙한 이름 하나, 카푸치노 3,500원. 무심코 주문하고 테이크아웃으로 받았는데 종이컵 바닥에 검은 액체가 살짝 깔린 정도라 '이거 잘못 나온 거 아닌가?' 싶어 직원을 힐끔 바라봤더니 직원이 오히려 의아한 표정을 짓는다.

    그제야 깨달았다. 늘 마시던 아메리카노와 착각한 것이다. 평소 밖에서는 예외 없이 아메리카노만 마시다 보니 다른 커피는 쳐다보지도 않았는데, 서울 나들이에 마음이 산만해졌는지 익숙한 이름에 그냥 주문해 버린 모양이다. 이미 나온 커피를 들고 나와 벤치에 앉아 한 모금 마셔 보니 생각보다 무척 썼다. 하지만 잠시 뒤, 쓴맛을 덮는 풍미가 올라오며 잔잔한 여운이 남았다. 반 모금, 또 반 모금…. 그렇게 나는 초로의 중년으로서의 서울 입장 신고식을 치렀다.

신문을 마저 보고 택시 승강장으로 갔는데 줄이 제법 길었다. 20분쯤 기다려 택시에 올라 목적지를 말하고 달리며 예나 지금이나 같은 생각이 들었다. 서울 사람들은 적응해서 살겠지만 서울 토박이였던 나도 서울을 떠나 살다 보니 이제는 역시 촌사람이 다 되었구나 싶다. 차는 막히고, 매연은 도시를 덮고, 차들은 양보에 인색하고, 사람들 표정에는 여유가 없어 보였다. 40분쯤 달려 목적지에 도착하니 나와 연락을 주고받던 송 PD가 반갑게 맞아 준다.

간단한 브리핑 후 바로 촬영에 들어갔다. 예정된 한 시간을 훌쩍 넘겨 1시간 40분간 인터뷰가 이어졌다. PD는 꽤 만족스러운 표정이었다. 방송은 구정 설 이후에 나갈 것 같다고 했다. 어떻게 나를 캐스팅하게 되었느냐고 물으니 교보문고에서 주제별로 서적을 검색하던 중 현재 기획 중인 주제와 내 책이 딱

맞아떨어졌다고 한다. 나는 준비해 간 책 한 권을 송 PD에게 선물로 건네고 격려 인사를 나눈 뒤 다시 택시를 타고 터미널로 향했다.

그리고 논산. 그렇게 하루 일정을 마치고 가게로 돌아오니 오후 4시 반. 특별한 하루였다. 그리고 이런 하루가 쌓여 내가 살아온 인생의 가치도 조금씩 더해지는 것이겠지.

생활 시

터미널에서, 다음 칸으로

논산 터미널을 떠나
서울로 향하는 버스에 오르면
나는 아직도
조금은 설렌다
강남의 큰 터미널,
사람들은 빠르고
나는 잠깐 멈춰
카푸치노 한 잔을 들고
벤치에 앉는다
쓴맛이 먼저 오고

곧 향이 따라온다
인생도 늘
그 순서였다
책 한 권이
사람을 불러
인터뷰 자리에 앉게 하고
나는 또 한 번
내 이야기를 꺼낸다
누가 불러준 자리이지만
여기까지 온 길은
내가 걸어온 시간이다
캐스팅이라 불렸지만
실은
하루하루 쌓아 올린
생활의 합격 통지서
다시 터미널로 돌아와
집으로 가는 버스에 오를 때
나는 안다
오늘도 인생은
아주 조금,
앞으로 갔다는 것을

저작권료를 받았다

　오늘, 생애 첫 저작권료를 받았다. 예전의 나에겐 꿈에서도 생각하지 못할 일이었다. 내 이름으로 된 책, 그리고 그 책이 벌어다 준 인세라니. 우연한 한마디에서 시작됐다. "형님, 이건 책으로 써야 합니다." 그 말 한마디에 마음이 움직였고, 준비하고, 고민하고, 실행했다. 원고를 쓰는 데 여섯 달, 출판까지 다시 여섯 달. 그렇게 나의 열정을 갈아 넣은 책, 『60대 자영업자 박사장은 어떻게 9년 만에 소형 아파트 30채를 모았을까?』가 세상에 나왔다.

　책이 처음 도착했을 때의 기분은 첫아들이 태어났을 때와 크게 다르지 않았다. 아들은 육신의 분신이라면, 책은 분명 정신의 분신이었다. 그런데 그 분신이 나에게 인세까지 안겨 준다. 고맙고, 또 대견했다. 그래서 나는 지금, 두 번째 책을 준비하고 있다.

　이번에는 숫자와 전략보다 내 삶에서 건져 올린 인생의 희로애락, 그중에서도 나의 시선에 머물러 감동과 여운을 남긴 순간들을 모으고 있다. 누군가에게는 작은 위로가 되고, 누군가에

게는 하루를 버티는 힘이 되기를 바라면서 조심스레, 그러나 진
심을 다해 내 삶의 흔적을 다시 적어 내려간다. 첫 인세는 보상
이었고, 두 번째 책은 다짐이다. 나는 아직, 쓰고 싶은 이야기가
많다.

분신에게서 온 봉투

우체통에 꽂힌
얇은 봉투 하나
내가 낳은 건 사람이 아닌데
나를 먹여 살린다
고맙다, 참 기특하다
오늘은 네가 아들이다

논산발 서울행: 하룻밤의 방랑

논산 고속버스 터미널(17:40)

얼마 만에 서울을 가는가!

논산 고속버스 터미널을 떠나는 시각은 저녁 5시 40분이었다. 낯선 목적지인 서울까지 가는 길은 엉성한 일탈처럼 느껴졌다. 고속버스는 익숙한 논산의 풍경들을 뒤로하고 어둠이 내려앉은 고속도로를 거침없이 달렸다.

안암동, 고모부의 영안실(20:30)

서울 강남 터미널에 도착했을 때는 이미 밤 8시 30분. 익숙하지 않은 서울의 밤공기를 마시며 곧장 택시를 잡아 안암동 고려대 병원 영안실로 향했다.

영안실에 도착해 고모부께 문상을 올리고, 홀로 상주하고 있는 사촌동생과 마주했다. 오랜만에 만난 동생과 이런저런 이야기를 나누며 고모부를 보내는 마음을 함께 나누니 어느새 밤 열시가 다 되었다.

동생이 조심스럽게 물었다. "형, 잠자리는 어떻게 하실 거

예요?"

나는 잠시의 망설임도 없이 대답했다. "여기서 있다가 새벽 첫차로 내려가야지."

서울 밤의 현실 정리

하지만 동생은 영안실은 밤을 보내기 마땅치 않다고 했다. 그의 말대로 주변을 둘러보니, 서울의 밤은 나그네에게 쉽게 자리를 내어 주지 않았다.

좁은 식당은 바닥에 신발을 신고 식사하는 곳이라 수면은 불가능해 보였다. 문상 자리 역시 협소하여 상주 가족들이 잠시 눈을 붙이기에도 빠듯해 보였다. 곁에서 상을 치르는 이들의 고단함이 그대로 전해지는 듯했다.

문득, 이곳 서울은 땅값이 비싸서 모든 것을 이토록 작게 만들었나 하는 생각이 들었다. 따뜻하고 넉넉한 논산의 정과는 너무나 달랐다.

냉정한 현실 정리가 필요했다.

내일 논산으로 돌아가는 첫 고속버스는 터미널에서 오전 6시 40분에 출발한다. 기차는 영등포역에서 5시 40분에 출발하는 열차를 타야 했다. 지금부터 새벽 기차를 탈 때까지 이 긴 시간을 어떻게 대기하거나 쉴 곳을 찾아야 하는가.

머릿속에는 두 가지 선택지가 떠올랐다.

첫째는, 오랜만에 서울에 온 김에 후배 강석이를 만나 밀린 이야기를 나누고 짧은 만남이라도 가질 것인가.

아니면, 가까운 상계 주공에 사는 여동생 집으로 가서 신세를 지고 하룻밤 편히 잠을 청할 것인가.

짧은 고민은 후배 강석에게로 기울었다. **'모처럼 만날 수 있는 기회인데. 만나서 얼굴 보는 것도 4~5년 만일 텐데.'**

후배와의 짧은 해후(영등포역)

짧은 고민 끝에, 나는 후배 강석에게 문자 메시지를 보냈다. 모처럼 만날 기회를 놓치고 싶지 않았다. 봉천동에 살고 있다는 석이는 채 5분이 되지 않아 답장과 함께, 기꺼이 영등포역 앞으로 나오겠다는 약속을 전해왔다.

나 역시 즉시 택시를 잡아타고 영등포로 향했다. 택시에서 내리자마자 석이를 만났다. 4, 5년 만에 마주한 얼굴이었지만, 중간중간 통화를 해 왔던 덕분인지 오랜만에 만난 것 같지 않은 편안함이 감돌았다.

반가운 마음으로 근처 2층 호프집에 자리를 잡았다. 따뜻한 온기와 시원한 생맥주가 오랜만에 마주한 우리를 위로했다. 그동안 풀지 못했던 이야기보따리를 한참 동안 풀어냈다. 사는 이야기, 지나온 시간, 그리고 삶의 무게들이 뒤섞인 대화는 시간을 잊게 했다.

새벽 한 시, 홀로 남겨지다

문득 시계를 보니 벌써 밤 열두 시를 훌쩍 넘기고 있었다. 석이는 내일 출근이 있었다. 아쉬웠지만 1시를 헤어질 시간으로 정하고, 남은 시간을 쪼개가며 이야기에 집중했다. 자정에서 새벽 한 시로 넘어가는 그 짧은 한 시간은, 마치 4년의 공백을 채우려는 듯 간절했다. 우리는 짧은 시간 동안 **생맥주 500CC 석 잔**을 비워 냈다.

결국 새벽 한 시. 아쉬움을 뒤로하고 석이를 택시에 태워 보낼 수밖에 없었다.

그를 태운 택시가 어둠 속으로 사라지자, 방금 전까지 이어지던 따뜻한 온기는 순식간에 사라졌다. 도심의 네온사인 아래, 나는 다시 홀로 남겨졌다. 이제 남은 것은 새벽 기차를 기다리는 긴 시간을 버텨낼 **나의 자구책**뿐이었다.

영등포역 라운지의 온기(01:10) - 제3단계: 새벽의 복병

우선 대로의 횡단보도를 건너 영등포역 역사 2층 라운지로 걸어 올라갔다. 늦은 새벽, 2층 라운지는 넓고 춥지 않았다. 나는 새벽 첫 기차를 탈 때까지 머물 만한 곳을 물색하며 천천히 걸어 다녔다.

대형 패스트푸드점 두 곳 정도가 밝게 불을 밝히고 라운지 중앙을 차지하고 있었고, 늦은 시간인데도 오가는 사람들이 꽤 있었다. 잠시나마 따뜻한 기운이 몸을 감싸자 안도감이 퍼졌다.

혹시나 싶어 역 뒤쪽으로 걸어 내려가 보니, 그곳은 확연히 달랐다. 스산한 기운이 감돌고 찬 기운과 바람까지 불어 쓸쓸했다. 길 건너편 식당 하나만이 불을 밝히고 있었고, 주변의 유흥주점 네온사인은 어둠 속에서 번쩍거릴 뿐이었다.

이곳은 아니다 싶어, 다시 계단을 밟고 2층 라운지로 올라섰다. 따뜻함이 주는 안도감은 생각보다 컸다.

맥주의 복병, 그리고 거절(01:30)

중앙에 널찍하게 자리 잡은 롯데리아로 들어갔다. 자리를 잡고 앉으니 비로소 아늑함이 느껴졌다. 따뜻한 코코아밀크티 한 잔을 주문해 마시니, 추위에 얼었던 몸이 녹는 듯했다.

하지만 그때, 뜻밖의 복병이 나타났다.

복병은 다름 아닌 **소변**이었다. 후배와 함께 2층 호프집에서 마셨던 생맥주 500CC 석 잔이 이제야 격렬하게 반응하기 시작한 것이다.

급히 직원에게 화장실 위치를 물었다. 직원의 대답은 뜻밖이었다. 이 시간대에는 철도역사 셔터가 내려가 폐쇄되므로 화장실 사용이 불가능하다는 것이다. 소변 볼 곳이 전혀 없다는 청천벽력 같은 소리였다.

직원에게 사정하여 잠시 직원용 화장실이라도 이용할 수 없겠느냐 간청해 보았지만, "본사 매뉴얼 규정상 안 된다."는 단호한 대답만 돌아왔다. 인정이 없거나 귀찮아서라기보다는, 어쩌면 그들의 규정 속에서 어쩔 수 없는 일일 터였다. 더 이상 조르거나 직원들을 괴롭히고 싶지는 않았다.

다시 길 위로(01:30)

가방을 챙겨 들고 황급히 밖으로 나왔다. 다시 대로변 횡단보도를 건너 두리번거렸다. 서울의 대로변, 그것도 번화가인 영등포역 고층 빌딩 주변이었다. 아무리 둘러봐도 비정상적으로 급해진 소변을 해결할 만한 허술한 공간은 보이지 않았다. 추운 날씨만큼 조급함이 압박해 왔다.

나는 다시 번화가 쪽으로 급하게 걸었다. 걸음을 재촉하던 중, 조금 전에 후배와 맥주를 마시고 나왔던 **2층 호프집 간판이 눈에 들어왔다. 지푸라기라도 잡는 심정으로 급히 계단을 올라갔다.**

호프집 문을 열고 들어가니, 직원들과 사장님이 삼겹살을 구우며 늦은 식사 중이었다. 나는 인사를 할 틈도 없이 급하게 소변부터 해결하고 나왔다.

사장님은 나를 금방 알아보시고, "한 잔 더 하러 오셨냐."며 반갑게 물었다. 나는 후배를 보내고 나서 새벽 기차를 기다리려니 시간이 애매하여, 맥주를 더 마실까 싶어 다시 왔다고 가볍게 이야기했다.

영업 시간을 물으니 새벽 두 시까지라고 했다. 지금 시각이 벌써 한 시 반. 잠시 앉아봤자 의미가 없었다. 나는 화장실만 사용해도 괜찮겠냐고 다시 물었고, 사장님은 흔쾌히 괜찮다고 하셨다.

식사 맛있게 하시라는 인사를 남기고 다시 길 위로 나섰다. 나는 이제 **추위와 시간을 버틸 곳**을 찾아야 했다. 스산하지만 대도시의 밤길을, 갈 곳을 잃은 방랑자처럼 하염없이 걷고 또 걸었다.

떠돌이의 시선

평소에 걷던 익숙한 느낌이 아니었다. 집 없는 떠돌이가 된 듯 움츠려들었다. 고층 호텔 앞 조명과 커피숍 간판은 네온사인을 반짝이며 시선을 끌었지만, 선뜻 들어설 용기가 나지 않았다.

커피숍은 입구에 금장 봉과 빨간 융단으로 영업 종료를 표시하고 있었다. 호텔은 불과 두세 시간을 위해 들어가기에는 아닌 것 같았다.

그대로 걷다 버스 정거장을 발견했다. 잠시 의자에 앉아 쉬면서 주변 24시간 카페를 검색했다. 아쉽게도 가까운 거리에 있는 곳은 모두 택시로 이동해야 할 거리였다. 포기하고 다시 힘을 내 계속 걸었다.

새벽의 안식처(02:10)

다시 왔던 호프집 근처였다. 방향을 틀어 반대편으로 걸었다. 멀리 아담하고 따뜻한 불빛을 반짝이는 간판이 보였다. 가까이 다가가니 **'트랜스젠더 바'**라고 반짝이고 있었다. 잠깐 멈칫했지만 다시 걸음을 옮겼다.

이쯤 되자 또다시 소변이 급했다.

'그래, 밤이 깊었고, 좀 으슥한 곳을 찾자.'

걷다가 건물과 건물 사이의 으슥한 곳을 발견했다. 주변과 도로 상황을 살펴보니 완벽하지는 않아도, 그럭저럭 해결할 만했다. 급하게 소변을 해결하고 있는데도, 대로변이라 차량 헤드라이트와 심야 버스 불빛이 신경 쓰였다. 왜 이리 소변은 길고 오래 걸리는지. 어쨌든 해결하고 다시 걸었다.

이번에는 밝은 대로변의 버스 정거장이 나타났다. 유리 칸막이와 바람막이가 설치되어 있고, 의자에는 전기 온열까지 들어왔다. 따뜻함이 느껴지는 의자에 앉으니, 오랜 걸음으로 힘들었던 다리와 허리가 쉬는 듯했다.

하지만 시계는 이미 새벽 두 시 반. 앞으로 5시 30분이 되려면 여러 시간을 길 위에서 앉아 있을 수는 없었다. 어떤 결정을 내려야 했다.

무인 24시 카페로

정거장 옆에 빈 택시 두어 대가 대기하고 있었다. 문득, '만약 지금 택시를 타고 논산까지 간다면 요금이 얼마나 나올까' 하는 생각이 들었다. 검색해 보니 평균 요금은 18만 원에서 22만 원 정도였다. 고작 두세 시간 편하자고 그 돈을 들이기에는 너무 아깝다는 결론을 내렸다.

다시 검색을 시작했다. 이번에는 **무인 커피숍**을 찾아보니, 대략 1킬로미터 이내로 표시되었다.

'저기로 가자.'

방향을 따라 걷다 큰 길 건너 간판을 발견했다. 낯선 새벽길을 걸어 찾아 들어간 곳은 아담한 **무인 24시 커피숍**이었다.

'아, 잘 찾아왔다.'

새벽 2시 30분 도착. 뜨거운 아메리카노 한 잔을 뽑아서 마시니 피곤과 추위가 싹 달아나고 아늑함까지 느껴졌다.

새벽 2시 30분, 무인 카페의 관찰자 - 제5단계: 새벽의 관찰자와 일상으로의 복귀

따뜻함 속에서 앉아 이런저런 생각을 정리하며 쉬고 있는데, 스무 살 초반으로 보이는 젊은 커플이 들어왔다. 그들은 우리를 의식하지 않고 둘만의 잡담과 생각을 섞어 가며 대화를 시작했다.

나는 책 한 권을 가져왔지만, 막상 책에는 마음이 가지 않았다. 휴대전화 검색도 딱히 집중할 것이 없었다. 그런데 그 둘의 이야기는 너무나 리얼해서, 자리만 조금 떨어졌을 뿐 마치 그들의 대화를 같이 듣는 듯한 상황이 펼쳐졌다. 긴 대화 끝에 그들이 밖으로 나갔다. '이제야 조용히 쉴 수 있겠구나' 했는데, 간 것이 아니었다. 둘은 밖에 나가 담배 한 대씩을 피우고 다시 들어와 2부를 시작했다.

계속 들리는 대화를 들어보니 사귀는 사이는 아닌 것 같았고, 사귀기 직전 서로를 알아가는 단계의 풋풋한 느낌이었다. 역시 젊음은 에너지인 걸까. 이 늦은 새벽 시간, 술을 마신 것도 아닌 듯한데 그들의 에너지는 공간을 가득 채웠다. 나는 여자의 부모

나 가족에게서 자유로운지 등 쓸데없는 생각까지 하며 시간을
쪼개고 있었다.

또 다른 손님들(04:00)

그러다 보니 새벽 3시 30분. 잠시 밖으로 나가니 건물 옆 화단
에 앉아서 새벽의 찬바람을 맞으며 맑은 정신으로, 깨어나는 도
시의 새벽을 관찰하고 있었다. 이미 환경미화 차량들은 바삐 업
무를 시작하고 있었다. 새벽 버스들은 대로를 씩씩하게 달렸고,
화물차들은 찬 공기를 가르며 주어진 일정을 처리하러 씽씽 내
달렸다. 도시는 이 새벽에도 멈추지 않았다.

다시 커피숍으로 들어가 자리를 잡고 잠시 쉬다가, 앉은 채로
잠을 청해봤지만 정신만 말똥말똥 해질 뿐이었다. 잠시 후, 젊
은 커플이 자리를 떠났다. 공간이 잠시 조용해지려는 찰나, 이
번에는 20대 후반의 젊은 여성 둘이 들어왔다.

아니, 새벽 네 시가 다 된 이 시간에 이들은 무엇을 하다 온 것
일까? 새로운 청력 테스트의 서막이었다. 둘은 직장 동료는 아
니지만 같은 직종 근무 라인에 연관성 있는 친구인 듯했다. 착
실한 부류인 듯 보였고, 여러 방면에 걸친 폭넓은 대화를 이어
갔는데 수준이 결코 낮거나 천박하지 않았다. 다만, 새벽 4시 친
구 미팅이라니? 직업 특성상 근무 시간이거나 교대 시간 때문이

거나, 아니면 특별한 이유가 있거나 할 터였다. 내가 궁금증을 가질 이유는 없었지만, 작은 공간에서의 특별함은 나를 그들의 대화에 몰입하게 만들었다. 나는 시간과 대화에 집중했을 뿐, 다른 생각을 할 틈이 없었다.

일상으로의 귀환(05:00)

이제 4시 30분. 5시까지만 버티자. 휴대전화로 별로 검색할 것도, 볼 만한 동영상도 없었다.

4시 40분.

4시 50분.

5시.

드디어 출발해야 할 시간이었다. 영등포 역사로 향하기 위해 카페를 나서자마자, 새벽 찬바람을 맞으며 부지런히, 걸어서 20여 분 만에 영등포 역사에 도착했다. 매표소에 가니 무궁화호 5시 45분 출발 열차가 있었다. 논산역에는 8시 30분 도착 예정이었다. 경로우대 요금으로 5천 원 정도 할인된 표를 끊었다.

잠시 기다리다가 플랫폼으로 내려가 제시간에 도착한 무궁화호에 몸을 실었다. 실로 아주 오랜만에 타보는 기차, 그것도 완행열차 격인 무궁화호였다.

하룻밤의 끝

편안한 좌석에 앉으니 꾸벅꾸벅 졸음이 쏟아졌다. 비몽사몽 간에 신탄진역을 지나쳤다. 그리고 계속 달려 논산역에 내리니, 아내가 마중 나와 기다리고 있었다.

가게에 도착한 시각은 아침 9시경. 간단히 씻고 누룽지 한 그릇으로 간단하게 식사를 한 후, 매장에 출근했다.

어제저녁 5시쯤 떠나, 오늘 아침 9시에 돌아왔다. 고작 하룻밤의 일탈이었지만, 아주 길었고 많은 세월이 스쳐간 듯싶은 생각이 드는 서울 나들이였다.

우리가 살아가는 평범한 하루,

그 가볍지 않은 무게와

소중함을 절실히 느끼게 하는,

하루밤의 새벽이었다.

그리고 나는 서울 토박이다.

생활 시

서울 가는 날

저녁에 떠나

아침에 돌아오는 길,
고작 하룻밤이었는데
세월 하나를 건너온 듯했다.
네온 아래 홀로 앉아
새벽을 세어 보며 알았다
도시는 잠들지 않고,
사람들은 각자의 사정으로
밤을 건너고 있다는 것을
따뜻한 의자 하나,
커피 한 잔의 온기가
그날의 숙소였다
그리고 그 온기 덕분에
나는 다시 일상으로 돌아올 수 있었다
아내가 기다리는 논산역,
누룽지 한 그릇의 아침,
다시 열리는 가게 문 앞에서
비로소 알게 된다.
우리가 매일 지나치는 하루가
얼마나 무거운 기적이며,
얼마나 소중한 반복인지
그래서 나는 다시,
평범한 하루를 사랑하기로 한다

서울 토박이였던 한 남자는
오늘도 논산에서,
조용히 삶을 이어 간다

군산 하늘책방 방문기

　어느 일요일 오전, 따사로운 햇살을 받으며 국도를 달려 군산 근대화 거리에 도착했습니다. 일제강점기 시절 '18은행'이었던 근대미술관과 역사박물관을 꼼꼼히 둘러본 후, 드디어 원래 목적지였던 영화동 **'하늘책방'**으로 향했습니다. 골목 중간쯤 다다르니 오렌지색 벽과 하늘색 기둥이 선명하게 대비된 아담한 3층 건물이 눈에 들어왔습니다. 1층은 독립서점, 2·3층은 게스트하우스로 운영되는 아늑한 공간이었습니다.

　서점 안은 규모는 작았지만 포근한 온기가 전해졌습니다. 일반 책방과는 달리 주인장의 취향이 담긴 독립출판물들이 서가를 채우고 있었는데, 그중 유독 눈에 띄는 책이 한 권 있었습니다. 군산 토박이의 삶과 음악 카페에 관한 산문집이었습니다. 책을 들고 계산대로 향해 사장님과 대화를 나누어 보니, 직접 출판사도 운영하며 저비용으로 나만의 책을 낼 수 있는 'POD(주문형 출판)' 방식도 진행하고 계셨습니다. 책을 만드는 사람으로서 그 합리적인 방식이 무척 매력적으로 다가왔습니다.

책 속에는 평생을 음악에 의지하며 살아온 한 사람의 인생이 고스란히 담겨 있었습니다. 주인공의 실제 삶이 궁금해진 나는 어느 일요일 저녁, 아내와 함께 그 책의 배경지인 지곡동 **'음악 이야기'** 카페를 직접 방문했습니다. 사장님을 뵙는 순간, 책을 통해 이미 알고 지낸 사이처럼 익숙하고 반가운 기분이 들었습니다. 우리 부부와 주인 내외, 네 사람이 한 테이블에 둘러앉아 작가이기도 한 사장님의 인생 스토리를 직접 듣는 시간은 무척이나 특별했습니다.

곧이어 사장님은 DJ 박스로 자리를 옮기셨습니다. 음악 신청을 받고 정겨운 멘트를 곁들이는 모습에 옛 추억이 새록새록 소환되었습니다. 향기로운 선율이 은하수처럼 흐르고, 아내는 지긋한 시선으로 뮤직박스를 바라보며 박자의 파도에 가볍게 몸을 싣습니다. 나 역시 빌끝을 까닥이며 그 흐름에 동참했습니다. 아주 오랜만에 추억 속 젊은 시절로 돌아가 시간 여행을 떠난 기분이었습니다.

우리네 삶 속에 자리 잡은 추억은 단순한 향수를 넘어, 삶을 부드럽게 이어 주는 윤활유 같은 역할이 아닐까요. 어느 깊은 밤, 우연이 선물한 참으로 특별한 만남이었습니다.

책방에서 음악까지

햇살 좋은 일요일,
골목 끝 오렌지빛 벽 아래
작은 책방 하나
책 한 권 집어 들고
사람의 이야기를 만난다
그 이야기를 따라가면
저녁의 카페, 낡은 DJ 박스,
천천히 흐르는 노래
아내는 박자에 몸을 싣고
나는 발끝으로 시간을 흔든다
우연이 데려온 자리에서
우리는 잠시 젊은 날로 돌아간다
추억은 지나간 것이 아니라
다시 걸어갈 수 있는 길
그 길 위에서 만난 인연 하나,
그날의 군산이 아직도 마음에 머문다

금산 가는 길

일요일, 화창한 가을날입니다. 산들바람을 맞으며 꽃잎처럼 흩날리는 햇살 속을 달립니다. 국도는 매끄럽게 굽이치고, 산허리를 감아 도는 길은 부드러운 곡선을 그립니다. 대둔산 굽은 언덕을 지나 야트막한 시골 마을 몇 곳을 넘습니다. 코스모스가 흐드러진 고갯마루에 오르자, 인삼 향기 그윽한 아담한 고을 금산이 한눈에 들어옵니다.

오늘은 금산 오일장이 서는 날입니다. 아내와 함께 우리네 삶의 온기가 살아 있는 시골 장터를 찾았습니다. 길게 펼쳐진 좌판에는 먹거리와 장신구가 저마다 손길을 기다리고 있습니다. 어느 할머니의 작은 좌판에는 올망졸망 모여 있는 강아지들 위로 '오천 원'이라 적힌 종이 명찰이 붙어 있습니다. 거동이 불편해 보이는 꼬부랑 할머니는 고구마와 나물 몇 가지를 앞에 놓고 간절한 눈빛으로 사람들을 바라봅니다.

나는 나물 삼천 원어치를 삽니다. 꾸겨진 검정 비닐봉지가 바람처럼 부풀어 오릅니다. 그 봉투 하나에 할머니의 하루와 내 마음의 온기가 함께 담깁니다. 장날의 풍경은 자연스레 어린 시절의 기억을 불러냅니다. 오골계가 울고 토끼가 귀를 쫑긋 세우는 소란스러운 풍경이 어딘가 정겹습니다. 사람들의 목소리와 군것질 냄새가 뒤섞여 오래된 시간처럼 흐릅니다.

온 김에 인삼튀김 한 접시를 시키고 인삼 막걸리 한 잔을 곁들입니다. 씁쓸하면서도 달큼한 맛이 목을 타고 내려가니, 삶의 낭만이 이 한 모금에 다 담긴 듯합니다. 장터 한편에 서서 천천히 숨을 고릅니다. 바쁘게 살아온 시간들이 잠시 멈춘 듯합니다. 특별한 사건은 없었지만, 이 평범한 하루가 오래도록 마음에 남을 것임을 압니다. 금산의 가을과 장날의 온기, 그리고 막걸리 잔에 남은 여운까지. 이 모든 것이 오늘 나에게 주어진 작은 선물입니다.

삼천 원의 무게

오천 원짜리 강아지가
상자 안에서 졸고 있는 장날
꼬부랑 할머니의
바람 빠진 고구마 몇 알에
마음이 멎어섰다

삼천 원어치 나물을 사고 건네받은
검정 비닐봉지 하나
그 속에는
나물만 담긴 것이 아니라
할머니의 긴 하루와
내 작은 진심이 함께 부풀어 있다
인삼 막걸리 한 잔에
씁쓸한 세월을 녹이고 나니
오늘 하루
참 잘 살았다는 생각이
나물 향기처럼 번진다

7886, 내가 살아갈 날짜

나는 아침마다 제일 먼저 숫자를 마주합니다. 하루에 하나씩 줄어드는 숫자, 7886. 이 숫자는 내가 아흔 살 생일까지 살 수 있다고 가정하고 정해 둔 내 생의 남은 날짜입니다. 하루가 지나면 숫자도 하루만큼 줄어듭니다. 그래서 매일 아침 숫자를 확인할 때마다 나는 단순한 계산이 아니라, 삶의 소중함과 가치를 마주합니다.

눈을 뜨고 숫자를 확인한 뒤, 나는 마음속으로 되뇌곤 합니다. '오늘은 다시 돌아오지 않는, 내 인생의 소중한 하루다. 조금 더 최선을 다해 살자.' 가족에게는 더 따뜻하게 대하고, 오늘 만나는 사람 한 사람 한 사람에게는 친절함과 열정을 잊지 말자고 다짐합니다. 이 숫자를 정하기 전에는 느끼지 못했던 충실함이 요즘은 하루하루의 삶 속에 깊게 스며 있습니다.

물론 남아 있는 시간에 대한 아쉬움도 함께 따라옵니다. 앞으로 남은 스무 해. 어떻게 사느냐에 따라 길 수도 짧을 수도 있겠지만, 분명한 건 단 1초도 허투루 흘려보낼 수는 없다는 사실입니다. 그래서 나는 오늘도 더 신중해지고, 내게 주어진 모든 풍

경이 조금 더 새로워집니다. 자, 이제는 더 알차게, 후회 없이
살아가자고 나는 다시 나 자신에게 약속합니다.

숫자 하나의 무게

아침에 눈을 뜨면
나는 먼저 숫자 하나를 내려놓는다
어제보다 가벼워진 숫자,
그만큼 줄어든 내 몫의 하루
커피보다 먼저
숫자가 나를 깨운다
오늘은 어떻게 살 거냐고,
대단한 일 말고
조금 더 웃고 조금 더 참아주고
한 사람쯤은 따뜻하게 대하고 가라고
그래서 나는
신발 끈을 다시 묶고 문을 나선다
오늘도
숫자 하나 값은 하고 와야 하니까

아버지의 생, 한 시대의 그림자

1930년생, 서울 사대문 밖 돈암동 한옥마을에서 태어난 아버지는 한의원 명의로 소문난 집안의 장손이었습니다. 사내아이가 태어나던 날, 방 다섯 칸에 사랑방까지 갖춘 큰 한옥은 잔칫집이 되었습니다. 일제강점기, 대부분의 서민이 옹색한 삶을 살던 시절이었지만 전국 각지에서 환자가 몰려들던 그 집은 경제적 여유가 상당했습니다. 세 분의 부인을 거느렸던 한의사 할아버지 밑에서, 아버지는 온실 속 화초처럼 금쪽같이 자라났습니다.

국민학교 등굣길에는 둘째 부인이 업어다 주고, 하굣길에는 셋째 부인이 미리 기다렸다가 다시 업어 왔습니다. 중학생 때는 집에 개인교사를 두었고, 전교에서 유일하게 손목시계를 차고 다닐 만큼 귀공자 대접을 받았습니다. 건국대학교 재학 중 6·25 전쟁이 터지자, 집에서는 징집을 피해보려 서둘러 혼인을 시켰지만 결국 아버지는 국군에 입대해 후방 통신본부에서 중사로 전역했습니다.

그러나 고향 서울로 돌아왔을 때, 부귀영화의 그늘은 사라져 있었습니다. 부모님과 아내는 세상을 떠났고, 어린 여동생들과 작은어머니들만 옹색하게 남겨진 채였습니다. 거친 세상 한복판에 홀로 던져진 귀공자에게 현실은 녹록치 않았습니다. 유산으로 근근이 살다 지인의 소개로 강원도 산골 처녀였던 어머니를 만나 다시 가정을 꾸렸지만, 귀하게만 자라온 아버지는 세상의 거친 계산법에 익숙하지 못했습니다.

유산은 사람과 사람 사이에서 풍선의 바람 빠지듯 사라졌고, 모르는 빚까지 짊어지게 되었습니다. 다섯 남매의 가장으로서 짊어진 삶의 무게는 점점 더 무거워졌습니다. 인생의 초년은 부귀였으나 중년과 노년은 질곡의 길이었던 셈입니다. 인생 초년의 고행과 노년의 부귀, 과연 어느 쪽이 더 나은 삶일까요. 아버지, 이제는 고단한 생의 짐을 내려놓고 하늘에서 부디 편안히 쉬시기를 바랍니다.

생활 시

생의 저울

태어날 때는 비단 이불 위였고
떠날 때는 주름진 손이었다
업혀 다니던 아이는 등짐을 지고

다시 자식을 업었다
부유했던 마당은 텅 비고
텅 빈 마당에서 가족이 다시 자랐다
젊은 날의 풍요와 늦은 날의 고단함 중
어느 쪽이 인생의 빚이었을까
아버지의 삶은 저울 위에서
끝내 균형을 이루지 못했지만
그 무게 덕분에
우리는 오늘을 건너왔다

독립문은 어떻게 옮겼을까?: 40년 전의 궁금증이 내게 남긴 것

40여 년 전인 1980년대, 나는 경기도 원당읍 성사리에 살았습니다. 당시 745번 좌석버스를 타면 서울시경 앞 버스정류장에 내릴 수 있었지요. 거기서 조금 걸어 남대문시장 3층 그릇 도매 상가로 출근하는 것이 나의 일상이었습니다. 퇴근길, 다시 버스를 타고 집으로 향하다 보면 서대문을 지나게 됩니다. '서대문'이라는 이름은 있지만 실체는 없는 그 지명을 지나칠 때마다 내 시선은 늘 '독립문'에 머물렀습니다.

어느 날 보니, 도로 한가운데 있었던 독립문이 대로변에서 약 70미터 떨어진 곳으로 자리를 옮겨 늠름히게 서 있었습니다. '저 무거운 돌 건축물을 대체 어떻게 옮겼을까?' 한번 시작된 궁금증은 좀처럼 가시지 않았습니다. 스마트폰도 컴퓨터도 없던 시절이라 궁금증을 해결하는 방법은 주변 사람들에게 묻는 것뿐이었습니다. 동료들과 토론도 해 보았지만 저마다 추측만 무성할 뿐 명쾌한 답은 없었습니다.

결국 나는 서울시청 민원실에 전화를 걸었습니다. 담당자는 내 질문을 듣더니 "왜 그게 궁금하시냐?"며 허허 웃더군요. 자세

한 내용은 담당자가 오면 알려 주겠다며 연락처를 받아 갔지만, 끝내 전화는 오지 않았습니다. 핸드폰도 없던 시절, 가게 전화기만 뚫어지게 바라보던 그 간절한 기억이 지금도 생생합니다.

훗날 확인한 결과, 나의 추측대로 독립문은 '해체 후 재조립' 방식으로 이전되었습니다. 1979년 성산대로 고가도로 건설 때문에 이루어진 작업이었지요. 높이 14.28미터, 너비 11.48미터에 달하는 이 거대한 건축물은 약 1,850개의 돌로 이루어져 있었고 그 무게만 700톤에 육박했습니다. 작업자들은 돌 하나하나에 번호를 매기고 정밀 촬영을 한 뒤, 마치 퍼즐을 맞추듯 역순으로 재설치했다고 합니다.

지금은 궁금한 것이 생기면 그 즉시 손안의 기기로 모든 정보를 얻을 수 있는 시대입니다. 40년 전, 독립문의 행방을 쫓던 나의 순수한 호기심을 떠올려 봅니다. 초고속 정보화 시대의 편리함 속에 살고 있는 지금, 우리는 이 당연한 풍요로움에 대해 늘 감사한 마음을 품고 살아야 하지 않을까요. 정보를 얻기 위해 전화를 걸고 기다리던 그 투박한 시절의 열정이 문득 그리워지는 저녁입니다.

옮겨진 것은 문만이 아니었다

버스 창가에 기대
돌문 하나를 바라보며
하루를 접던 시절
'왜?'라는 물음은
답보다 오래 남아
퇴근길마다 나를 따라왔다
돌 하나하나 번호를 매겨 옮겨졌듯
내 시간도 그렇게
번호를 매기며 차곡차곡 쌓여 와
독립문은 자리를 옮겼고
나는 세월을 건너왔다
거대한 돌문만 옮겨진 줄 알았는데
그때 창가에 기대어 있던 젊은 나도
조금씩, 조금씩
삶의 다음 장으로 옮겨지고 있었음을
이제야 알 것 같다

추억의 레스토랑, 카이저

돈암동 고개 아래, 그곳에는 작고 아담한 레스토랑 하나가 자리 잡고 있었다. 간판 이름은 '레스토랑 카이저'. 아주 오래전, 아내와 한창 사귀며 데이트를 즐기던 시절 우리가 참새 방앗간처럼 드나들던 곳이다.

우리가 자리에 앉으면 늘 주문하던 술은 **'애플와인 파라다이스'**였다. 안주는 언제나 '멕시칸 사라다'. 홀 구석진 테이블에 자리를 잡으면 그곳은 금세 우리 둘만의 아늑하고 비밀스러운 성소(聖所)로 변하곤 했다. 식탁 위 촛불은 아늑함을 더하고, 신비스러운 빛과 온기를 내뿜으며 분위기를 고조시켰다.

와인잔에 술을 3분의 1 정도 따르면, 촛불이 액체를 투과하며 연갈색 실크 같은 빛을 만들어냈다. 잔 속에서 잘게 피어오르는 탄산 방울은 신비로움을 더했고, 나지막이 흐르는 음악의 선율은 마치 아침 햇살에 피어오르는 안개처럼 공간을 포근하게 휘감았다. 우리는 서로 눈길을 마주하며 잔을 들어 건배했다.

창밖 보도에는 어느덧 어둠이 짙게 내려앉아 있었다. 가로등 불빛은 사람들의 코트 깃 위로, 그리고 바삐 걸음을 재촉하는 여학생들의 머릿결 위로 창백하게 부서졌다. 우리는 말없이 창밖을 응시했다. 길게 빛을 내뿜으며 달려가는 자동차의 헤드라이트 궤적을 쫓다 보면, 어느덧 우리의 시선은 자연스레 서로의 눈동자에 머물렀다. 소리 없는 무언의 대화가 오가고, 누가 먼저랄 것도 없이 얼굴을 가까이 밀착하며 부드러운 입맞춤을 시도하던 찰나였다.

"악!"

갑작스러운 비명에 깜짝 놀라 눈을 떴다. 연인은 혼비백산하여 의자 위로 올라가 안절부절못하고 있었다. 발밑으로 커다란 쥐 한 마리가 순식간에 지나가는 바람에 기겁을 한 것이다. 소란에 지배인이 달려와 연신 고개를 숙이며 사과했다. 놀란 가슴을 쓸어내리는 연인에게 지배인은 미안함의 표시로 육포 안주를 내어왔다. 덕분에 나는 겁에 질린 연인을 내 옆자리에 바싹 붙여 앉힐 수 있었다. 내심 '오히려 잘됐다' 싶은 마음이 들었다. 곁에 온기가 닿으니 마음은 더 포근해졌다.

쥐 한 마리가 만든 소동조차 웃음으로 번지던 밤. 그렇게 레스토랑 카이저에서의 저녁은 깊은 밤까지 나의 가장 행복한 기억으로 머물러 있다.

레스토랑 카이저

오래전

아주 오래전…

그대와 마주 보며 앉았던 공간

은은한 촛불 조명 아래

파라다이스 애플와인과

멕시칸 샐러드

귀를 어루만지는 감미로운 선율

그곳은 누구를 위한 공간이었던가

어찌 우리를 맞이해 주었던가

세상에서 가장 아름다운 향기를

함께 만들어 내던 곳

그곳, 그 자리…

어둠이 깔린 창밖의 도시

저마다 헤드라이트 불빛 길게 비추며

달려가는 자동차 행렬과

바삐 돌아가는 사람들의 발걸음,

둘이서 손잡고 먼 길을 걸었네.

어느 날은 집 작은 창으로 비친 온화한 불빛,

백열등 아래 모인 가족의 저녁 상,

기억의 수첩 속 묵은 먼지 털어

그날을 되뇌며 회상하네.

지금 그대는, 우리 둘만의 저녁을 짓고 있네.

2016년 4월 21일

어머니의 보따리

올해 아흔셋이신 노모는 양촌 요양원에서 어느덧 4년째 시간을 보내고 계신다. 육신은 세월의 무게에 눌려 조금씩 야위어 가지만, 어머니는 여전히 당신만의 방식으로 삶을 지탱하고 계신다. 문제는 깊어 가는 치매다. 세월의 농도가 짙어질수록 어머니의 시계는 자꾸만 거꾸로 돌아가, 이제는 아득한 저편 옛집의 문턱에 머물러 있다. 그곳에는 젊은 날의 당신이 있고, 당신을 기다리는 가족들이 살고 있다. 어머니에게 그 집은 단순한 공간이 아니라, 반드시 돌아가야 할 영혼의 안식처인 모양이다.

매일 새벽 4시, 세상이 아직 어둠에 잠겨 있을 때 어머니의 하루는 시작된다. 정갈하게 몸을 단장하고, 굽은 손마디로 주섬주섬 짐을 챙기신다. 낡은 보자기 안에 무엇이 그리 담길 게 있을까 싶지만, 어머니는 정성껏 옷가지를 추스르고 매듭을 묶는다. 이제나저제나 밖으로 나갈 채비를 마치고 목을 길게 빼고 앉아 누군가를 기다리는 그 뒷모습. 그 애타는 기다림 끝에 닿으려는 곳은 결국 당신이 가장 빛나던 시절의 기억이다.

젊은 시절의 열정은 다 지나가고, 남은 것은 쇠약해진 몸과 흐릿해진 정신, 그리고 작은 옷 보따리 하나뿐이다. 우리네 인생이 누군들 이와 크게 다르겠냐마는, 그 여정을 지켜보는 자식의 마음은 서글픔을 넘어 무력하기까지 하다. 어머니가 싼 보따리는 단순한 짐이 아니라, 당신이 잊고 싶지 않은 삶의 조각들일지도 모른다. 비록 기억은 안개처럼 흐릿해졌어도, 가족을 향한 그 지독한 집착과 사랑만큼은 선명하게 남아 보자기 안에 차곡차곡 쌓여 있는 것이다.

면회실 문을 열고 들어서는 나를 보며 "이제 집에 가느냐?" 묻는 어머니의 맑은 눈망울 앞에서 나는 차마 "여기가 계실 곳"이라는 말을 내뱉지 못한다. 대신 어머니의 야윈 손을 꼭 잡으며 마음속으로만 대답한다. "어머니, 당신이 평생을 바쳐 지켰던 그 집은 이제 우리들의 마음속에 지어져 있습니다. 그러니 너무 애태우지 마셔요. 어머니가 계신 곳이 곧 우리의 집입니다."

지는 노을처럼 야위어 가는 어머니의 뒷모습을 보며, 나는 오늘 다시금 인생의 무게를 배운다. 비록 기억은 길을 잃었을지라도, 어머니의 보따리 안에는 여전히 따스한 사랑이 가득 차 있음을 믿는다.

어머니의 새벽

아흔셋 나의 어머니
새벽마다 해진 보자기 펼쳐 놓고
세월을 싸고 또 쌉니다
그 굽은 손마디 끝에
무엇이 그리 남았기에
매일같이 떠날 채비를 하실까요
오늘 이 보따리 들고 나서면
푸르던 청춘의 집 닿으시려나
내일 또 보따리 머리에
이고 가시면
그리운 아버지 만나시려나
어머니의 시계는 거꾸로 흘러
기억은 안개 속에 길을 잃었어도,
보따리 속엔 여전히
자식들 줄 사랑만 가득합니다
어머니, 이제 애태우지 마셔요
당신이 평생 싸 오신 그 보따리가
이제는 우리들 마음속
집이 되었습니다

황화산성에 오르며

　일요일 오후, 우리 집 애견이자 아들 같은 쵸코를 데리고 가게 뒤편, 늘 올려다보던 황화산성으로 산책을 나섰다. 한여름 오후의 산길은 사람 발길이 드문 탓에 좁고 풀도 깊어 조심스러운 길이었다. 쵸코는 앞서거니 뒤서거니, 이곳저곳 냄새 맡느라 정신이 없다. 나는 숨을 고르며 천천히 발을 옮긴다. 중턱쯤 오르니 바위 몇 개가 불규칙하게 놓여 있고 그 옆으로 겨우 사람 하나 지나갈 만한 길이 이어진다. 조금 더 오르니 묘지가 두 기 보인다. 산세가 부드럽고 시야가 트여 명당이라는 말이 절로 떠오르는 자리다. '그래서 이곳에 묘를 썼겠구나' 괜히 혼잣말을 해 본다.

　정상에 다다르자 가운데가 움푹 파인 작은 공간이 눈에 들어온다. 봉수대 자리였을까, 옛사람들이 불을 피우고 신호를 보내던 곳이었을지도 모른다. 그 순간, 이 산이 단순한 뒷동산이 아니라 역사의 한복판이었을지 모른다는 생각이 스친다. 문득 예전에 읽었던 동학농민군 이야기가 떠오른다. 군복 하나 제대로 없던 시절, 사람들은 흰 무명옷 차림으로 몰려와 돌을 나르고 흙을 퍼 올리며 산성을 보강했다고 했다. 눈앞의 고요한 산등성이 위에 수많은 사람의 숨결이 겹쳐진다.

허기진 얼굴로, 땀에 젖은 옷을 붙잡고, 서로를 다독이며 흙을 나르던 모습이 마치 실제 장면처럼 떠오른다. 어디선가 고함치는 소리와 서로를 부르는 외침까지 들리는 듯하다. 나는 지금, 개와 함께 산책을 나왔을 뿐인데 이 산은 한때 누군가에겐 목숨을 걸고 지켜야 할 삶의 터전이었겠지. 그 생각이 들자 지척에 두고도 모르고 지냈던 시간이 조금은 미안하게 느껴진다. 하산길에 접어드니 쵸코가 자꾸 나를 올려다보며 물을 찾는다. 서둘러 발걸음을 옮기며 다시 현실로 돌아온다.

날마다 바라보던 작은 언덕 같은 산이 오늘은 전혀 다르게 보인다. 사는 자리 가까이에 이런 이야기들이 숨어 있다는 걸, 이제야 조금 알 것 같다. 우리는 늘 바쁘다는 이유로 발아래의 역사를 지나치며 살고 있는지도 모른다. 쵸코의 물그릇을 채워 주며 나는 다시 생각한다. 오늘 이 산책은 운동이 아니라, 작은 시간 여행이었을지도 모르겠다고.

언덕 위에서

쵸코는 앞서 가고
나는 뒤에서 숨을 고른다
같은 길을 걸어도
서로 보는 풍경은 다르다
풀숲 사이로 난 길 위에
오늘의 발자국과
어제의 발자국과
백몇십 년 전의 발자국이
겹쳐져 있을지도 모른다
아무 일 없다는 듯 서 있는 사이
사실은
수많은 숨과 땀을
기억하고 있을지도 모른다는 생각
나는 물 한 병 들고 오르고
누군가는 관군과 싸울 농기구 높이 들고 이고 올랐겠지
바람은 오늘도 같은 자리에서 불고
사람만 시대를 갈아입는다
산은 말이 없고

개는 냄새를 맡고
나는 잠시 멈춰
역사를 상상한다
그리고 다시
집으로 내려온다
일상의 시간으로
하지만 오늘 이후로는
이 언덕을 그냥
언덕이라 부르지 못할 것 같다

연리지, 같은 흙 위에서

연리지는 서로 다른 나무가 각각의 뿌리를 가진 채 자라다가 줄기가 맞닿아 하나가 되어 버린 나무를 말한다. 흔하지 않은 이 나무가, 지금 우리 매장 안에 자리 잡고 있다. 크고 하얀 화분에 얌전히 서 있고, 사람 키보다는 약간 작은 정도의 크기다. 실내에서도 잘 자라는지 잎은 무성하고, 이파리는 윤기가 나서 반들반들하다. 처음부터 화분에 물을 주며 몇 년을 지켜보는 동안 나는 이것이 두 그루의 나무라는 사실을 전혀 알지 못했다. 의심조차 하지 않았다. 그저 당연하게 한 그루의 나무라고 여겼다.

그러다 어느 날 문득 눈에 들어온 차이. 아래쪽 잎들은 가장자리가 물결치듯 살짝 뾰족한 돌기가 있었고, 위쪽 잎들은 가장자리가 매끈하며 색도 조금 더 짙었다. 나는 새로 난 잎이 자라면 아래쪽 잎처럼 변하는 줄로만 알았다. 차이가 워낙 미미해 별생각 없이 넘겼던 것이다. 그러나 줄기 아래를 자세히 들여다보며 비로소 알게 되었다. 줄기가 둘이었다. 한 줄기는 색이 조금 더 밝고 표면이 매끈했으며, 다른 한 줄기는 표면이 거칠고 갈라진 흔적도 보였다. 두 줄기는 위로 올라가며 서로 비비고

얽히고 다시 갈라지기를 반복했다. 그래서 우리 눈에는 도무지 한 그루 말고는 달리 보일 수가 없었던 것이다.

알고 보니 한쪽 가지는 녹보수, 다른 한쪽 가지는 해피트리였다. 두 종류의 나무가 같은 화분, 같은 흙에서 서로를 껴안고 평생을 함께 살게 된 셈이다. 이 만남은 화원 사장님의 의도였을까, 아니면 경험 부족한 견습생의 실수였을까. 강제로 맺어진 인연이었든, 우연히 시작된 동행이었든 이제 와서 두 나무는 서로를 떼어낼 수 없다. 화분 하나가 가르쳐 주는 이치지만, 우리네 삶도 다르지 않다는 생각이 든다.

사람과 사람이 만나 각자의 뿌리를 지닌 채 함께 살아간다는 것. 그것은 단순한 만남이 아니라 결합의 의무와 책임을 함께 짊어지는 일일 것이다. 연리지는 말이 없지만, 오늘도 같은 흙 위에서 묵묵히 그 약속을 지키며 서 있다.

같은 화분

우리는
각자 다른 씨앗이었는데

어쩌다
같은 흙에 뿌리를 내리고
서로의 숨결에
물을 나누어 마시며
오늘까지 왔다
비비며 자란 줄기는
언젠가부터
어느 쪽이 먼저였는지
구분도 되지 않는다
바람이 불면
함께 흔들리고
햇살이 들면
같이 고개를 든다
떼어 놓을 수 없게 된 뒤에야
우리는 비로소 안다
함께 산다는 것은
하나가 되는 일이 아니라
서로를 버리지 않는 일이라는 것을
오늘도
같은 화분에서
조용히
약속을 키운다

겨울바다 이야기

우리는 자영업자이기에 중소기업재단에서 운영하는 '노란우산공제'에 가입해 매달 적립금을 납입하고 있습니다. 어느덧 가입한 지도 16년. 가입 조건이 충족되어 연수 프로그램 안내 문자를 받았고, 아내와 상의 끝에 보령 비체팰리스로 1박 2일 연수를 신청하게 되었습니다. 모처럼의 여행이자 연수이기에 우리는 소풍 가는 아이들처럼 설레는 마음으로 국도를 따라 천천히 경치를 구경하며 목적지로 향했습니다.

본격적인 연수가 시작되고 첫 번째 프로그램으로 심리검사와 행복지수 평가를 진행했습니다. 그림을 통해 내면을 표현하는 방식이 무척 흥미로웠는데, 결과는 사뭇 달랐습니다. 아내에게는 자식에 대한 깊은 애착과 걱정으로 인한 약간의 우울 성향이 나타난 반면, 나는 행복지수가 만점으로 나왔습니다. 살아오면서 부정적인 상황을 긍정과 열정으로 바꾸려 노력해 온 시간들이 그대로 반영된 결과라 느껴져 가슴이 벅찼습니다.

다음 수업은 이번 연수의 백미인 '자기 책 출판하기'였습니다. 강사님의 열정적인 설명을 듣다 보니 막연했던 출판이 한결 가

깝게 느껴졌습니다. 그때 강사님이 나를 지목해 강단으로 불렀고, 나는 그동안의 투자 경험과 삶의 철학을 담담하게 이야기했습니다. 발표를 마치고 내려오는 길, 마음속에서 무언가 뜨거운 것이 움직였습니다. '나도 해낼 수 있다'는 도전 욕구가 분명하게 깨어난 순간이었습니다.

결국 이 연수를 계기로 탄생한 책이 바로 나의 첫 저서, 『60대 자영업자 박사장은 어떻게 9년 만에 소형 아파트 30채를 모았을까?』입니다.

일정을 마친 뒤 우리는 호텔 앞 겨울바다로 산책을 나갔습니다. 고운 모래사장을 아내와 손잡고 걸으며 마치 추억 속으로 시간 여행을 떠나는 기분이 들었습니다. 나란히 남긴 발자국 옆으로 이름 모를 조개껍데기와 코발트빛 별 모양 불가사리들이 보석처럼 흩어져 있었습니다. 어느덧 40여 년, 서로를 아끼며 살아온 세월입니다. 이제 남은 시간도 지금처럼 서로를 소중히 지켜주며, 우리가 함께 남겨온 발자국을 돌아보는 삶을 살고 싶습니다. 아내도 언젠가는 행복지수 만점을 받을 수 있도록 더 많이 배려하며 살아가야겠다는 다짐을 겨울바다에 새겨 봅니다.

겨울바다에서

손을 잡고
모래 위를 걷는다
말보다 오래된 발걸음으로
조개 하나,
불가사리 하나
우리의 세월처럼
조용히 빛난다
바다는 아무 말 없고
우리는 서로를 안다
남은 길도
이렇게
나란히 가면 좋겠다

도시의 비둘기: 척박한 콘크리트 위에서 배운 경이로움

　오늘도 흐린 날씨 속에 우중충한 먼지바람이 보도블록 위 은행잎을 휘날립니다. 은행나무 밑에는 음식물 쓰레기봉투 서너 개가 위태롭게 기대어 있습니다. 가게 옆 술집에서 밤새 영업을 끝내고 내놓은 것들입니다. 늦은 오후, 카운터 책상에 앉아 내다보는 길거리는 스산하기 그지없는데, 한 무리의 비둘기 떼가 나타나 먹이 수집에 열을 올립니다.

　먼저 한 녀석이 날카로운 발톱으로 봉투를 찢으면, 옆에 있던 놈들도 덩달아 비닐을 헤집어 음식 찌꺼기를 펼쳐 놓습니다. 그런데 유심히 살펴보니 비둘기들의 상태가 예사롭지 않습니다. 어떤 놈은 발목까지만 남았고, 어떤 놈은 발가락 하나가 잘려 나갔습니다. 의외로 온전치 못한 다리를 한 녀석들이 꽤 많습니다. 아마도 도시의 쓰레기 끈이나 낚싯줄, 그물망 등에 감기고 묶여 상처 입은 흔적일 것입니다.

　그 불편한 발로 먹이 경쟁을 하고, 도로변의 오염된 물을 마시는 모습이 애처롭습니다. 하지만 그 척박함 속에서도 생명은 이어집니다. 갑자기 수컷 한 마리가 암컷 앞에서 구애의 춤을 시작합니다. 몸을 부풀리고 목을 까닥이며 멋들어진 춤사위를 한참이나 이어가더니, 마침내 짧은 교미가 이루어집니다. 처음 보는 광경에 신기하기도 했지만, 한편으로는 말할 수 없는 경이로움이 밀려왔습니다.

잘려 나간 발가락, 오염된 물, 음식 쓰레기, 그리고 차가운 회색 콘크리트. 이 모든 척박한 환경을 견디며 살아가고자 아픔을 감수하는 저 작은 생명들 앞에서 인간으로서 미안함과 연민을 느낍니다. 문득, 비둘기 떼가 흩어진 자리를 지나 리어카에 폐지를 가득 싣고 가시는 남루한 행색의 영감님이 보입니다. 그분은 이 쌀쌀한 저녁을 무사히 잘 보내고 계시는지, 마음 한구석이 서늘해집니다.

생활 시

도시의 비둘기

비둘기들이 다리를 전다
발가락이 잘려 나간 채
어떤 놈은 발목만 남은 채
그 불편한 발로 먹이 경쟁을 한다
회색빛 도시, 검은 아스팔트

전봇대 아래 버려진 쓰레기봉투
그들은 살기 위해 비닐을 헤집고
오염된 물도 달게 마신다
그 아픈 다리로
수컷은 구애의 춤을 추고
생명은 다시 끈질기게 이어진다
도시에 적응해 살아가고자
온몸으로 고통을 감수하는 저들에게서
나는 아린 경이로움을 본다
폐지 싣고 멀어지는 리어카 뒤로
인간으로서 느끼는 미안함과 연민,
차마 고개 돌리지 못하는
저녁의 한가운데 서 있다

노을: 귀촌이 건네준 붉은 선물

서울 토박이로 살아온 지 50여 년. 그저 앞만 보고 달리는 것이 인생의 전부인 줄 알았습니다. 사람 사이에 부대끼고 소음에 섞여 복작거리던 서울에서의 삶은 늘 숨 가빴습니다. 그러다 문득, 내 삶에도 '쉼표' 하나 찍고 싶다는 열망이 차올랐고, 연고 하나 없는 충청도의 작은 도시 논산에 닿게 되었습니다. 미분양 아파트에 짐을 풀고 운영하던 주방용품 매장까지 옮겨온 지 벌써 10여 년, 논산은 어느덧 나의 '제2의 고향'이 되었습니다.

매장을 운영하다 보면 화물차를 몰고 길 위에 서는 시간이 잦습니다. 그날도 무거운 물건을 싣고 배송을 나선 길이었습니다. 어느덧 서쪽 하늘엔 황혼이 붉게 번지기 시작했고, 국도를 달리는 차창 밖으로 마법 같은 풍경이 펼쳐졌습니다. 길 양옆의 황금들판이 노을빛에 젖어 들더니, 마치 살아있는 물고기의 금 비늘처럼 반짝이며 파도치듯 출렁였습니다.

서산마루에 걸린 노을은 장엄했습니다. 신비로운 붉은 색채를 대지에 뿌리며 서서히 내려앉는 그 광경 앞에서, 운전대를 잡은 나는 한없이 작은 존재가 되었습니다. 그 순간 가슴 한구석이 벅차오르며 깨달았습니다. 지난 10여 년의 세월, 낯선 곳에서의 막막함과 두려움을 한꺼번에 보상받는 기분이었습니다. '아, 이것이 자연이 나에게 주는 귀촌의 선물이구나.'

자연은 때로 우리에게 멈춰 서서 삶을 뒤돌아보게 합니다. 그리고 다시 앞으로 나아갈 힘을 줍니다. 나에게 노을은 단순히 해가 지는 현상이 아닙니다. 하루의 부단함과 몸에 배어든 고단함을 부드럽게 씻어 주는 손길이며, 수고했다고 어깨를 감싸주는 포근한 위로입니다.

나의 인생 시계도 아마 지금쯤 노을이 지는 이 시간대에 머물러 있지 않을까 싶습니다. 뜨거운 정오의 태양처럼 강렬하진 않아도, 세상을 따스하게 물들이는 노을 같은 시간. 일과를 마치고 돌아가 아내와 오손도손 마주 앉아 정갈한 밥상을 나누는 것, 그 소박히고도 따뜻한 풍경만으로도 나의 인생은 더없이 충만합니다.

생활 시

노을

강경 저녁 하늘에

노을이 걸리면,
황금 들녘 지나
큰 산 하나를 넘는다
붉은 물감 풀어 놓은 듯
들판도, 길도,
하루 종일 고단했던
내 마음도 함께 물든다
어제도 이렇게 저물고
오늘도 이렇게 저문다
젊은 날의 뜨거움도
지금의 묵직한 숨결도
노을은 말없이 품어 준다
서산 너머로 번지는 빛,
아름다움 흩뿌리며
조금은 수줍게, 조금은 아쉽게
내일을 남겨두고 내려앉는다
집에 가면
아내와 마주 앉아 따뜻한 밥 한 끼
그것으로
오늘은 충분하다

9년의 대화, 씨앗이 되운 숲

　9년 전 어느 날, 지역 신문인 '교차로' 한 귀퉁이에 작은 광고 하나를 냈습니다. 이름하여 '부자노트'. 함께 모여 삶의 풍요를 공부할 멤버를 찾는다는 짧은 문구였습니다. 그 메아리를 듣고 사람들이 모였고, 시간이 흐르며 마음의 결이 맞는 세 사람이 남았습니다. 우리는 매주 수요일 저녁, 약속된 커피숍에 모여 머리를 맞댔습니다. 두 시간 동안 이어지는 집중 토론. 주제는 문학에서부터 사회경제, 각자의 비전과 견해까지 경계가 없었습니다. 우리가 추구한 것은 사람과 사람 사이를 잇는 '인문학'이었습니디.

　세월이 흐르며 한 명의 동료가 개인적인 사정으로 곁을 떠났고, 남은 두 사람은 더욱 깊은 탐구 속으로 침잠했습니다. 우리의 독서량은 나날이 쌓여갔습니다. 김성오 작가의 『육일약국 갑시다』와 고명환 작가의 『고전이 답했다』는 우리의 인생 지침서가 되어주었습니다. 열 번을 읽고 또 읽으며 그 문장들을 삶의 근육으로 만들었습니다. 서로가 읽은 책을 해부하고, 날카롭고도 따뜻한 피드백을 주고받았습니다. 그렇게 우리의 시간은 겹

겹이 층을 이루며 단단한 나이테를 만들어 갔습니다.

유리창 너머로 어둠이 짙게 내려앉고 사람들이 바삐 귀가하는 시간에도 우리의 토론은 멈출 줄 몰랐습니다. 두 시간이라는 물리적 제약이 야속하게 느껴질 만큼 대화의 밀도는 뜨거웠습니다. 9년. 결코 짧지 않은 이 시간을 우리는 황금처럼 아껴 쓰며 삶의 진정한 가치를 채굴했습니다. 그 기나긴 여정 끝에 우리는 세 가지 보물을 발견했습니다. 나 자신을 돌아볼 수 있는 거울을 얻은 것, 독서가 선사하는 깊은 참맛을 깨달은 것, 그리고 경제적 자유로 향하는 지혜라는 선물을 받은 것입니다.

물론 아쉬움이 없는 것은 아닙니다. 주변 지인들에게 우리가 걸어온 길의 의미를 전해보지만, 대개는 우리가 거둔 '열매'에만 눈길을 줄 뿐 그 열매를 맺게 한 '씨앗'의 고통과 인내에는 큰 관심을 두지 않는 듯했습니다. 하지만 개의치 않습니다. 씨앗의 가치를 아는 우리 두 사람의 동행은 앞으로도 계속될 것이기에, 우리는 오늘도 책장을 넘기며 다음 수요일의 뜨거운 대화를 기다립니다.

동행

그와 나는
각자의 길을 걸어왔다
서로 다른 하늘을 바라보다
이제는 같은 별을 올려다본다
우리가 가는 길은 험하고
발밑은 늘 불확실하지만
서로의 걸음을 살피며
기꺼이 속도를 낮춘다
끝이 어디인지 알 수 없어도
서로의 어둠에
작은 등불 하나가 되기를,
그것으로 충분하다

하루 세 끼

　오늘도 점심 메뉴부터 떠올려 본다. 남아 있는 재료와 새로 사 와야 할 것들을 머릿속으로 계산해 본다. 그냥, 있는 재료로 만들어야겠다. 마침 엊그제 포장해 먹고 남겨 두었던 참치회가 냉동실에 있다. 야채 몇 가지를 챙기고, 참치회는 잘게 썬다. 락교 남은 것과 초생강채, 양파도 곱게 다진다. 계란 두 개는 팬에 스크램블로 만든다. 초고추장, 참기름, 남은 생와사비, 흑설탕 반 스푼. 햇반 두 개를 각각 비빔밥 그릇에 담고 야채를 올린 뒤 참치와 양념을 얹는다. 마지막으로 조미김을 가위로 잘라 얹고 통깨를 살포시 뿌린다. 이제 비벼서 맛있게 먹는다.

　그러다 문득 생각한다. "저녁은 뭘 해 먹지?" 바로 떠오르는 건 대패삼겹살. 납품 다녀오는 길에 마트에 잠깐 들러 상추랑 깻잎 조금, 통마늘 작은 봉지 하나 사 와야겠다. 오늘도 점심, 그리고 저녁은 나름 충실하다. 아침밥은 아내가 늘 먹는 대로 누룽지를 끓여 주면 가볍게 먹고, 점심과 저녁 두 끼는 내가 챙긴다. 나는 요리가 좋다. 그러다 보니 자연스레 점심부터 메뉴를 생각하게 되고, 재료를 먼저 챙기고, 상황에 맞게 가능한 메뉴를 고른다. 없으면 동선에 맞춰 살 수 있는 재료로 다시 짜 맞춘다.

점심시간이 가까워지면 미리 떠올린 메뉴를 그대로 진행한다. 2인용 압력밥솥에 쌀을 안치고 검은콩 몇 알을 넣는다. 밥이 되는 사이 돼지고기를 썰어 김치찌개를 보글보글 끓인다. 상을 차리고 밥 두 그릇을 푸고 나면 압력솥에 남은 누룽지에 뜨거운 물 한 컵 붓고 뚜껑을 다시 닫아 둔다. 김치찌개와 콩이 스민 흰쌀밥은 숟가락이 가볍게 오르내린다. 그리고 마지막에 마시는 숭늉 한 그릇은 포만감과 함께 작은 행복을 더해 준다.

내가 좋아서 차리는 밥상은 나를 한층 더 즐겁게 만든다. 덧붙여, 환갑이 넘은 아내는 평생 가족과 남편 밥상에서 조금 더 자유로워져 작은 해방감을 느낀다고 한다. 한국 남편들이 나이 들고 집에서 아내에게 삼시 세끼 밥 타령을 하면 '삼식이' 소리 듣는다던데, 나는 혹시 아내를 '삼순이'로 만들고 있는 건 아닐까, 가끔 그런 농담도 해 본다. 그래도 설거지는, 여전히 내 아내의 몫이다.

밥 짓는 시간

아침은 누룽지로 가볍게
점심은 냉동실과 냉장고 사이에서
저녁은 마트 들르는 길 위에서
오늘의 메뉴가 정해진다
칼도마 소리
보글보글 김치찌개
김 가위질 소리 위로
하루가 천천히 풀린다
내가 차리는 밥상이
내 하루를 살찌우고
아내의 하루를
조금 덜 무겁게 한다
숭늉 한 그릇 남은 냄비에
오늘도 고생했다는 말을
조용히 말아 넣는다
우리가 늙어간다는 건
이렇게
누가 밥을 하느냐보다

누가 덜 힘드느냐를 생각하는 일
오늘도
나는 밥을 하고
아내는 설거지를 한다
그렇게
우리는 하루를 나눈다

조용한 가족

우리 가게 식구는 모두 다섯이다. 키 큰 황부장, 아담한 전상무, 날씬한 김대리, 사장인 땅땅한 나, 그리고 가끔 가게 일을 도와주러 나오는 아내. 점심시간이 되면 우리는 원탁에 둘러앉는다.

가운데 놓인 휴대용 가스레인지 위에서 찌개가 보글보글 끓는다. 김이 올라오고, 국물 냄새가 천천히 공간을 채운다. 각자 찌개그릇에 국물을 덜고 밥그릇을 앞으로 끌어당긴다. 밥그릇에 수저가 부딪히는 소리가 달그락, 젓가락 끝이 반찬 그릇에 닿으며 작게 탁, 그 소리들이 점심시간의 전부다. 말은 없다. 서로 눈을 마주치지 않는다. 시선은 밥그릇과 반찬, 찌개그릇, 그리고 숟가락 사이를 바쁘게 오갈 뿐이다. 마치 약속이라도 한 듯, 우리는 묵묵히 씹고, 넘기고, 다시 뜬다.

곰곰이 생각해 보면 모두 말이 없는 성격들이다. 가끔 내가 먼저 말을 꺼내 보지만, 잠깐의 반응 뒤에는 다시 정적이 돌아온다. 그리고 또 식사. 여러 해를 이렇게 지내다 보니 이제는 이 풍경이 익숙하다. 왁자지껄 이야기꽃을 피우며 먹는 밥도 좋지만, 이렇게 조용한 사람들이 조용히 먹는 밥도 나쁘지 않다. 오히려 마음이 편안해진다.

아이러니하게도, 입은 조용한데 머릿속은 늘 시끄럽다. 이 생각 저 생각이 날아다닌다. 오늘 매출, 내일 일정, 지나간 선택들, 아직 오지 않은 걱정들. 숟가락을 입에 넣으면서도 마음은 다른 시간과 다른 장소를 바쁘게 오간다. 그럼에도 이 조용한 점심시간이 좋다.

아무 말도 하지 않아도 불편하지 않고, 침묵이 어색하지 않다. 각자의 생각을 각자의 속도로 씹어 삼키는 시간. 그 사이에서 찌개는 식고, 우리는 다시 하루의 자리로 돌아간다.

생활 시

식사할 때

식사할 때
우리가족은 조용합니다
찌개 끓는 소리,
젓가락 부딪히는 소리,
숟가락이 밥그릇을 두드리는 소리
그 사이로
다시, 적막이 흐르고

머릿속은
여전히 시끄럽습니다
그런데도
식탁 위는
끝내, 적막합니다

머릿속은
여전히 시끄럽습니다

내 머리, 내가 깎는다
: 25년 베테랑의 셀프 이발기

'중이 제 머리 못 깎는다'는 말이 있지만, 나는 내 머리를 혼자 깎은 지가 벌써 20년이 훨씬 넘었습니다. 이제는 단 5분이면 옆과 뒤 면도까지 말끔히 끝낼 정도의 베테랑이 되었지요. 시작은 사소한 오해 때문이었습니다.

원래는 단골 미용실에 다녔습니다. 어느 날, 의자에 앉아 잠깐 졸았는데 눈을 떠보니 머리가 거의 스포츠형으로 짧아져 있었습니다. 평소 "바짝 쳐 달라."던 내 말을 주인아주머니가 너무 충실히 이행하신 탓이었지요. 되돌릴 수 없는 상황에 아주머니는 어쩔 줄 몰라 했지만, 가만히 생각하니 나쁠 것도 없었습니다. 운동할 때 땀 관리도 편하고 손질 시간도 줄어들 것 같았으니까요. 그 길로 전기 이발기를 하나 장만해 화장실 한쪽에 두었습니다.

처음에는 조심스레 길이 조절 날을 끼우고 윗머리부터 밀어 보았습니다. 생각보다 가지런하게 잘 깎였습니다. 옆머리는 얇은 날로 정리하고, 보이지 않는 뒤쪽 잔머리는 면도기로 마무리하니 세상 그렇게 개운할 수가 없었습니다. 그때부터 속도가 붙었습니다. 이제는 윗머리만 살짝 남긴 이른바 '해병대 스타일'이 나의 상징이 되었습니다.

보름에 한 번꼴로 이발을 합니다. 덕분에 예약하는 번거로움도, 이발 비용도, 기다리는 시간도 모두 사라졌습니다. 내가 원할 때 곧바로 실행할 수 있는 이 자유로움이 참 좋습니다. 세상살이도 결국 내가 해석하고 결정하는 대로 살아가는 것이 가장 즐겁고 명확한 방식이 아닐까요. 오늘 저녁 샤워할 때, 거울 앞에서 시원하게 머리를 한 번 더 깎아야겠습니다.

생활 시

셀프 이발

거울 앞에 서서
나는 오늘도 나에게 머리를 맡긴다
누가 대신 자를 필요 없다
내 손이 내 모양을 가장 잘 안다
바닥으로 머리카락은 떨어지고
복잡했던 결심도 함께 정리된다
짧아질수록 생각은 단순해지고
삶은 그만큼 가벼워진다

오늘도 5분짜리 결단으로

하루를 개운하게 시작한다

귀촌, 그렇게 논산에 살게 되었다

어느 날, 생전 처음으로 논산 구경을 했습니다. 연무대도 둘러보고 강경젓갈시장에 들러 젓갈을 사 트렁크에 실었습니다. 오는 길에는 부여 낙화암까지 구경하고 인천 집으로 돌아왔지요. 그때까지만 해도 그곳이 내 인생의 무대가 될 줄은 꿈에도 몰랐습니다. 당시 아내는 복잡한 인천 시내를 피해 외곽의 보금자리를 알아보고 있었습니다.

그러던 중 아내가 계룡시의 미분양 아파트 정보를 찾아냈고, 우리는 일요일을 맞아 모델하우스를 보러 길을 나섰습니다. 가을바람을 맞으며 달리다 보니 내비게이션은 지름길이라며 가파른 산길로 우리를 이끌었습니다. 산림이 우거진 외진 길을 한참 오르며 문득 걱정이 밀려왔습니다. '마누라가 저 집을 마음에 들어 하면 어쩌지? 이 오지 같은 산골에서 대체 뭘 해서 먹고 살아야 하나….'

도착해 보니 모델하우스는 아담한 도시 한가운데 자리 잡고 있었습니다. 내부를 둘러보니 제법 잘 지은 느낌이었고, 무엇보다 큰 평형대가 아내 마음에 제대로 꽂혔습니다. 당장 계약할

기세인 아내를 겨우 달래서 집으로 돌아왔지만, 아내는 며칠 밤을 잠 못 들고 뒤척였습니다. 아는 사람 하나 없는 곳에서 뭘 하고 사느냐는 나의 걱정에도 아내는 그저 그 집이 너무 좋다고만 했습니다.

결국 아내의 간절함에 손을 들고 계약을 마쳤습니다. 1년에 걸친 입주 준비 끝에 아내가 먼저 내려갔고, 나는 인천에서 운영하던 주방백화점을 지금의 논산 매장으로 옮겨오게 되었습니다. 그렇게 시작된 논산 생활이 어느덧 18년째를 맞이했습니다.

예전에 잠시 들렀던 강경과 연무대, 부여 낙화암. 그 모든 곳이 이제는 내 매일의 삶이 되었습니다. 대도시와 지방 소도시를 모두 겪어보니 이런 생각이 듭니다. 젊을 때는 경쟁적인 도시가 어울릴지 몰라도, 나이가 들수록 지방 도시의 속도가 삶에 더 잘 맞습니다. 숨이 덜 가쁘고 하루가 조금 더 길어지는 느낌입니다. 서울 토박이였던 내가 이제는 논산 사람으로 살아가며, '행복'이라는 귀한 선물을 매일 받고 있습니다.

아내가 고른 도시

지도 위에 없는 길을

내비가 먼저 알고

나는 그 뒤를 따라갔다

산을 넘고 고개를 돌며

불안도 같이 넘었다

"여기서 살자"

그 한마디에

내 인생의 주소가 바뀌었다

나는 계산했고 아내는 느꼈다

먹고사는 걱정은 내가 했고

살고 싶은 이유는 아내가 정했다

그렇게 우리는 아는 사람 하나 없는 곳에서

서로를 이웃 삼아 살기 시작했다

지금은 길도 익숙하고 가게도 자리 잡고,

처음 이 도시는

아내의 심장이 먼저 계약한 곳이었다

나는 아직도 가끔 생각한다

논산을 고른 게 아니라

아내를 따라온 거였다고
그래서 오늘도
이 도시는 괜히 더 정겹다

멘토, 그리고 친구

　나에겐 40년이 다 되어 가는 친구가 있습니다. 우리가 처음 만난 건 서울 동대문종합시장 상가에서 점원으로 일하던 20대 초반이었습니다. 어느 날, 화장실에서 들려오는 훌쩍이는 소리에 다가가 보니 그 친구였습니다. 점포 사장이 한 달간 지켜본 뒤 다른 직원만 남기고 그를 내보내기로 했다는 것이었습니다. 더 서러웠던 건 그가 원래 번듯한 은행원이었다는 사실입니다. "장사를 배우겠다."는 일념으로 화이트칼라 직장을 스스로 내려놓고 온 길이었기에, 그 절망감은 더 깊었을 것입니다.

　나는 그를 다독이며 다른 가게를 알아봐 주겠다고 했고, 다행히 그는 인근 제조 기반 업체에 취직했습니다. 그 일을 계기로 우리는 각별한 친구가 되었습니다. 친구는 그곳에서 제조 구조와 유통 흐름, 판매 루트까지 몸으로 익히며 사장의 두터운 신뢰를 쌓았습니다. 성실함으로 신뢰를 쌓은 결과, 사장으로부터 매장 인수 제안을 받은 그는 망설임 없이 사업가로 변신했습니다. 그렇게 판매에서 제조로, 제조에서 기업으로 조금씩 영역을 넓혀 가며 결국 중소기업으로 성장했습니다.

세월이 흐른 뒤 가끔 만나 술 한잔하며 이야기를 나누곤 했습니다. 어느 날, 친구가 저녁에 보자더니 택시를 잡아탔습니다. 그리고 기사님께 "홍은동 스위스 그랜드호텔로 가 주세요."라고 말했습니다. 속으로 '잘나가는 친구가 오늘은 호텔에서 한턱 제대로 쏘려나 보다' 생각했지요. 그런데 호텔 정문을 지나자마자 친구가 "아저씨, 바로 골목으로 들어가 주세요."라고 하더군요. 택시는 좁고 가파른 산동네 길을 따라 계속 올라갔고, 거의 꼭대기쯤 연립주택 한 동 앞에 멈췄습니다. 그곳이 바로 친구의 집이었습니다.

초인종을 누르자 아내가 문을 열었습니다. 친구는 아내를 소개하고는 "그냥 있는 반찬 그대로 차려 주소."라고 말했습니다. 작은 식탁 위에 김치와 몇 가지 반찬, 그리고 맥주. 소박한 밥상 앞에 마주 앉아 맥주를 따르던 친구가 말했습니다. "친구야, 이제는 사고의 틀을 좀 깨야 한다. 나는 목적을 이루기 위해 남들이 양주 마실 때 집에서 김치 안주에 소주 마시며 버텼다. 너도 과감하게 결단하고, 나와 같이 성공하는 길로 가자."

그때 나는 '패러다임'이라는 말조차 제대로 몰랐습니다. 하지만 그 말은 내 가슴에 깊이 박혔습니다. 그 이후로도 친구는 몇 차례 더 진심 어린 조언과 충고를 아끼지 않았고, 그 시간을 계기로 나의 인생 항로는 조금씩 다른 방향으로 움직이기 시작했습니다. 노년의 문턱에서 돌아보니 나는 꽤 괜찮은 결실을 거두며 살고 있습니다. 멘토를 친구로 둔 인생, 그것만으로도 나는 충분히 행운아입니다. 친구야, 포에버~~ 다.

생활 시

김치 안주의 철학

호텔을 지나
산동네 골목으로 꺾어 들던 밤,
나는 비로소
성공의 냄새가
반짝임이 아니라
땀에서 난다는 걸 알았다
남들이 잔을 높이 들 때
너는 고개를 숙여
내일을 적었고
남들이 밤을 소비할 때
너는 밤을 저축했다
작은 식탁 위
김치 한 접시와 맥주 한 병,

그 위에 놓인 건

사치가 아닌

집념이었다

부자가 되는 법이 아니라

버티는 법을 가르쳐 준 친구,

포기하지 않는 방법을

술 대신 건네준 멘토

그래서 나는 오늘도 믿는다

인생을 바꾸는 건

운이 아니라

함께 걷는 한 사람이라는 것을

아내의 끼

아내는 끼가 많다. 무슨 끼냐 하면, 예능 끼다. 그중에서도 음악과 무용 쪽이 유독 그렇다. 하지만 어린 나이에 시집을 오다 보니, 성장기나 학창 시절에 그 재능을 마음껏 펼쳐볼 기회도 없이 곧장 생활전선으로 들어섰다.

신혼 시절, 형편은 넉넉하지 않았다. 달동네 월세방에서 낮이면 혼자 라디오를 들으며 음악 속으로 빠져들곤 했다. 작곡 흉내도 내 보고, 노래도 만들어 보다가, 라디오에서 신청곡을 받는다는 소리를 들으면 산동네 꼭대기에서 아래 시장 입구까지 숨 가쁘게 뛰어 내려가 공중전화에 매달렸다. 물론, 연결될 리가 없었다. 그렇게 서툰 세상살이를, 그렇게 서툰 열정으로 버텨내던 시절이었다.

세월이 흐른 뒤, 우연히 드럼을 배우게 되었고 조금 칠 줄 알던 기타에, 난타까지 더해졌다. 이어서 일렉기타, 그리고 결국엔 아마추어 밴드까지 만들었다. 그 밴드의 이름은 '블루버드'. 각자 자기 자리에서 최선을 다하며, 음악과 열정을 섞어 삶의 의미를 만들어 가던 사람들의 모임이었다. 그러다 귀촌을 하며 지방 소도시로 내려오게 되었고, 자연은 넉넉했지만 음악을 함께 나눌 환경은 쉽지 않았다.

아내가 가장 애착하던 음악은 그렇게 잠시 휴면기에 들어갔다. 대신 한국무용을 시작했다. 새로운 장르, 새로운 몸짓, 그리고 단체 공연. 또 한 번 다른 세계로 깊숙이 들어가더니, 한때는 중학교 밴드부 학생들을 지도하는 교사 역할도 맡았다. 요즘은 풍물단에서 꽹과리를 치다가, 이젠 징을 맡아 단원의 분위기를 이끄는 '분위기 메이커'가 되었다. 기타, 난타, 장구, 북, 노래까지— 손이 닿는 대로 악기를 다루며 여전히 삶의 박동을 놓지 않는다. 아마도 하늘이 준 달란트일 것이다.

참 특별하게도, 고르게도 아닌, 한쪽으로 몰아준 재능이다. 그런데 말이다. 집에서 차로 5분 거리, 아들네 집을 다녀온다며 나간 아내에게서 전화가 왔다. "여보, 나 길을 잃었어." 벌써 몇 번이나 다녀온 집이고, 큰길 바로 옆, 대단지 아파트 옆인데도 30분을 헤매다 겨우 도착했다는 것이다. 하느님은 인간에게 두 가지 복을 다 주지 않는다더니, 정말 그 말이 맞는 모양이다. 끼는 넘치게 주고, 길 찾는 재주는 살짝 빼 놓으셨으니 말이다.

그래도 나는 안다. 길은 가끔 잃어도, 자기 삶의 박자를 잃지 않는 사람이라는 걸. 그래서 오늘도 나는, 그런 아내와 함께 사는 인생이 고맙다.

박자를 잃지 않는 사람

길은 자주 잃어도
리듬은 한 번도 놓친 적 없는 사람
손끝에 남은 북소리로
오늘을 두드리며 사는 사람
나는 그 박자에
조용히 맞춰 걷는다

도미회, 내 인생의 화양연화

나는 생선회를 좋아합니다. 좋아한다는 말로는 부족해 스스로 '회 마니아'라 부를 만큼 그 맛에 깊이 빠져 있습니다. 얼마 전, 우리 매장의 오랜 거래처 중 한 곳이 횟집을 개업했습니다. 주방용품을 납품하며 주인장과 생선에 대해 깊은 이야기를 나누었는데, 그중에서도 단연 화제는 '생선의 왕'이라 불리는 도미였습니다.

언젠가 책에서 읽기를, 삼성그룹 고(故) 이건희 회장도 도미회에 대한 애착이 남달랐다고 합니다. 주로 남해산을 즐겼던 그는 도미가 서식하는 바다의 깊이에 따른 맛의 차이까지 구분해낼 정도로 일가견이 있는 미식가였다는 일화가 유명합니다. 저 역시 그 일화를 떠올리며 도미의 진가를 음미해 보곤 합니다.

도미의 참맛은 '기다림'과 '정성'에서 나옵니다. 펄떡이는 활어보다는 냉장고에서 4시간 정도 적절히 숙성시킨 것이 제맛입니다. 특히 뼈와 살을 분리한 뒤, 껍질 위에 뜨거운 물을 살짝 부어 껍질만 반숙 상태로 만드는 '마츠카와(松皮)' 과정을 거치면 도미는 비로소 예술로 거듭납니다. 뜨거운 열기에 껍질이 소나무 껍질처럼 살짝 말려 올라가며 꽃잎처럼 접힌 자태는 가히 하나의 작품이라 할 만합니다.

두툼한 한 점을 집어 일본식 간장과 생와사비를 살짝 얹어 입에 넣습니다. 쫄깃한 식감 뒤에 밀려오는 담백하고 깊은 풍미. "세상에 이런 맛이 있다니!" 하는 감탄이 절로 터져 나옵니다. 좋은 친구와 마주 앉아 꼬리를 휘어 살포시 접시에 걸친 도미회를 앞에 두고, 부드러운 대화와 술잔을 주고받는 시간. 60대 자영업자의 고단함을 씻어주는 이 찰나의 순간이 바로 내 인생의 '화양연화(花樣年華)', 인생에서 가장 아름답고 행복한 순간이 아닐까 싶습니다.

도미회, 한 점의 인생

펄떡임보다
조금 식힌 숨결에서
맛은 비로소 깊어진다
서두르지 않고
기다림을 건너온 살결,
그 위에 얹힌 시간의 결

뜨거운 물 한 번 스치면
꽃잎처럼 말려 오르는 껍질,
그 순간,
고기는 음식이 아니라 장면이 된다
젓가락 끝에 매달린
한 점의 저녁이
오늘의 수고를 대신 씻어 주고,
술잔 사이로 흐르는 말들 속에
나는 비로소
내 나이를 좋아하게 된다
젊을 적엔 몰랐던 맛,
이제야 알게 된 속도
이 한 점이면 충분하다,
오늘 하루와
지나온 세월까지도

금연에 대하여

　나의 금연은 올해로 스물다섯 해째입니다. 그 이전에도 나는 스물다섯 해를 흡연자로 살았습니다. 딱 반반, 사회인으로서의 절반은 담배와 함께였고 나머지 절반은 담배 없이 살아온 셈입니다. 스무 살 무렵 사회에 첫발을 내디뎠을 때, 담배는 마치 사회인의 자격증처럼 여겨지던 시절이었습니다. 출퇴근 버스나 지하철 안에서도 담배를 피우던 때였으니, 공중보건의 기준이 지금 생각하면 참으로 느슨했던 시절이었습니다.

　군대 역시 흡연자 양성소였습니다. "10분간 휴식!"이라는 구령 뒤에 "담배 일발 장전!"이라는 말이 자연스럽게 따라붙던 그 시절의 구호를 기억하는 분들이 많을 것입니다. 그렇게 담배와 함께한 세월이 25년입니다. 하지만 흡연자와 비흡연자의 삶을 모두 살아본 지금 단언컨대, 금연이 주는 자유와 일상의 개운함은 과거와 비교할 수 없을 만큼 큽니다. 나이가 들수록 냄새에서 자유롭고, 번거롭게 흡연 구역을 찾아다닐 필요도 없습니다. 무엇보다 진짜 '물맛'을 알고 산다는 것은 흡연자는 절대 모를 축복입니다.

본격적인 금연의 길은 험난했습니다. 손가락 수술 후 의사의 권고에도 의지는 쉽게 무너졌습니다. '반 개비만', '한 모금만', '마지막 한 개비만'이라는 핑계가 끝도 없이 이어졌습니다. 신호 대기 중에 옆 차 운전자가 창밖으로 던진 담배를 보며 '저걸 주워서 한 모금만 피울까' 고민할 정도로 나는 이미 담배라는 굴레에 깊이 묶여 있었습니다. 심지어 술에 취해 기억도 없는 상태에서 담배를 사서 피우기까지 했으니, 흡연의 폐해는 실로 무서웠습니다.

결정적인 순간은 어느 날 가게에서 찾아왔습니다. 손님에게 얻은 담배 한 개비를 들고 몰래 화장실로 숨어들던 찰나, 큰아들과 눈이 마주쳤습니다. "아버지, 화장실에 무슨 일 있어요?"라는 아들의 평범한 물음이 내 뒤통수를 강하게 때렸습니다. '내가 담배 하나 못 끊는 아버지가 되어서야 되겠나' 하는 자괴감이 몰려왔습니다. 나는 그 자리에서 담배를 꺾어 버리고 화장실을 나왔습니다.

그날 이후, 나는 진짜 금연자가 되었습니다. 그리고 지금까지 25년, 나는 담배에서 완전히 해방된 비흡연자로 살고 있습니다. 아들의 눈망울이 나를 담배의 늪에서 건져 올린 것입니다.

담배와의 이별

'한 개비쯤이야'라는 말로
스물다섯 해를 살았다
버스에서도, 지하철에서도
쉬는 시간마다
숨처럼 피워 올린 연기
끊겠다는 말은 수없이 했지만
진짜 끊은 날은
아들의 눈과 마주친 그날뿐이었다
불붙이려다 손에서 꺾인 담배처럼
나도 그날
다른 길로 접어들었다
이제는 연기 대신 물맛을 알고
기침 대신 아침 숨이 가볍다
담배를 끊은 게 아니라
나를 다시 찾은 날,
그날이
내 진짜 금연의 시작이다

60대 자영업자 박사장의

수필과 시

ⓒ 박승찬, 2026

초판 1쇄 발행 2026년 3월 30일

지은이   박승찬
펴낸이   이기봉
편집   좋은땅 편집팀
펴낸곳   도서출판 좋은땅
주소   서울특별시 마포구 양화로12길 26 지월드빌딩 (서교동 395-7)
전화   02)374-8616~7
팩스   02)374-8614
이메일   gworldbook@naver.com
홈페이지   www.g-world.co.kr

ISBN   979-11-388-5561-7 (03810)

• 가격은 뒤표지에 있습니다.
• 이 책은 저작권법에 의하여 보호를 받는 저작물이므로 무단 전재와 복제를 금합니다.
• 파본은 구입하신 서점에서 교환해 드립니다.